百靈遊戲

ONE HUNDRED SOUL

4 還沒說完的祕密（完）

作者 凱佳

繪者 哈尼正太郎

朱雀文化

目錄

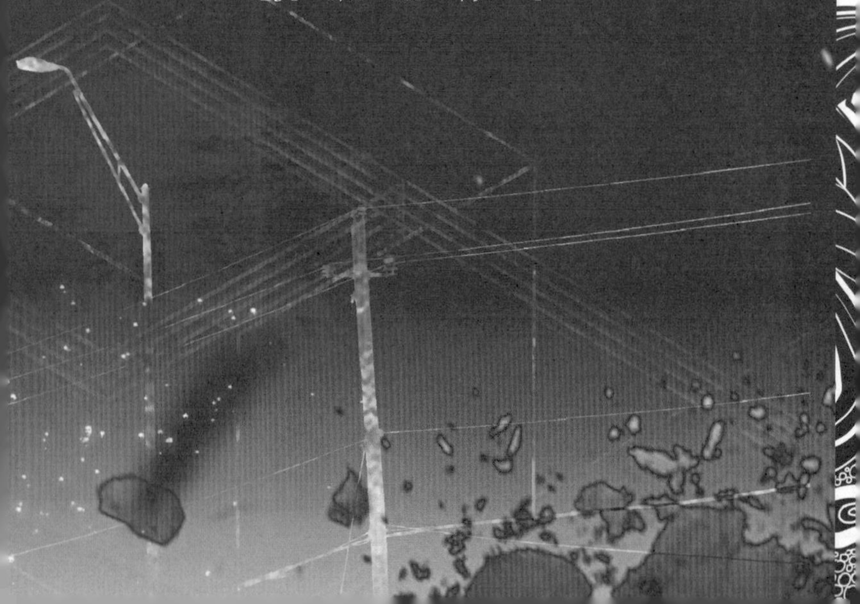

故事一

輪迴

但是現在的我，只能站著看她跑走。而在她離開之前，她突然跟我講了最後一句話：

「我們一定都會死！」

前方的鏡子反射出我的影像，此時我正梳著頭髮，而我的心思則是已經不知道神遊到哪裡去了。

「姊！」

我眨眨眼睛，從前方鏡子裡看到了我後面的影像。是一個女孩子站在我的房門口，她正探著頭往我房間裡看，似乎很好奇我正在做什麼。此時我注意到她的雙眼看起來非常明亮，和我那冷淡無神的眼睛一點都不一樣！

「洗澡了沒？等一下就來不及上學了，不要只會一直玩一直玩！」我對著她說。

「今天姊姊可以幫我編辮子嗎？」她邊說邊抓著她那黑色長髮把玩，接著就走進我的房間。今天的她，穿著國中學生的新制服，走到我身旁很高興地對我說：「今天我就要變成國中生了！」

「不是變成，而是已經是了啦！」我對她說，同時給了她一個微笑，她則是走到我剛剛坐著的地方，坐了下來。接著我摸著她黑色的秀髮，溫柔地梳了梳。

「姊，今天妳也是國三生了，我可以問妳一件事情嗎？」

「可以啊，請說。」

「姊，妳有男朋友了嗎？」小女孩俏皮地問了我這個問題，而我則是用微笑來回答。

「好啦！不要不說話啦！我保證不會跟任何人講，姊姊到底有沒有男朋友啊？還是已經有心儀的對象了呢？」

「我沒有想過那樣的事情，妳就不要再問了，如果媽知道我們在聊這個話題，我們一定會被罵一頓的。」我回答。

「哎唷！姊，妳就不用管媽媽了，這件事情我們兩個人知道就好了。好啦好啦！姊姊妳就告訴我，妳到底有沒有男朋友吧……欸！還是就是那個來我們家找妳的小伊哥？」

現在我扠著腰，看著鏡子中妹妹的臉，接著說：「不要再說了，小伊只是我的朋友，我跟他並沒有任何特別的關係！而且我現在根本就沒有特別喜歡的人！」

「真的嗎？」

我試著不去理會她，不過她仍然嘰嘰喳喳講個不停。

「那會是誰呢？會讓我姊姊希麗察的心融化呢？」

「妳又在亂講愚蠢的夢幻故事了。」

「噢……小姐！」她轉頭來抓住我的手，然後幻想自己是夢幻故事中的男主角，對著我說：「您的眼睛很漂亮，您的臉蛋更是出眾！希麗察小姐，請給我一個機會，接受我對您深深的愛慕之意吧！」

我笑了笑。

關於我小時候的生活，就和普通的小孩子沒什麼兩樣，直到有一天在學校裡遇到了一件事情，我的人生就開始發生了變化。那個時候，學校裡流傳著關於一個遊戲的故事，後來在學校裡面，也確實有學生玩了這個遊戲。不過雖然這個事件傳得沸沸揚揚，我卻對於這個遊戲一知半解。

「它似乎是某種遊戲，雖然我對這個遊戲不是很了解，但是我知道大家叫這個遊戲為『一百個鬼魂遊戲』！」小伊中午吃飯的時候，和我聊到了這件事情。

「聽起來也滿有趣的，可能是從國外流傳過來的遊戲吧！」我邊吃午餐邊說。

「咦？那些人正在做什麼呢？」小伊邊說邊轉頭去看後面，我也跟著轉過頭去看。這時，我們看到幾乎整間餐廳的學生都朝那裡跑了過去，所以我們也就跟著過去，想知道到底發生了什麼事情。

小莫、小波與其他兩三個女學生正站在人群中間，圍觀的人群則是聚精會神地聽著小莫講話，看來她正說著一件讓大家都感興趣的事情！

「……那真的是超級恐怖的，不但蠟燭突然熄滅，也颳起了一陣怪風，最可怕的是那個時候房間的窗戶全都緊閉，我們全部的人幾乎都要停止呼吸了！不過我們還是遵循著遊戲規則，請小波把那枚錢幣翻了過去，同時說：『找到鬼魂！』只是說了這幾個字後，周遭就颳起像是颱風一樣的強風，而凱兒則是一直不斷地放聲大叫，我也問她到底是看到什麼？」

「我真的看到了……我看到了……」凱兒說出了這句話。

鈴——

「上課的時間到了！」小伊馬上從人群中走了出去，我則是跟隨著他的腳步。

「你覺得小莫說的故事是真的嗎？」當我們在回去教室的路上，我邊走邊問了小伊這個問題。

「當然是假的啦！小莫這個人妳又不是不認識。」小伊回答。

「但聽她說的這個故事，的確挺恐怖的呢！尤其是……錢幣什麼的……」我說。

「先不要管這件事情了，下一堂可是桑買老師的課，我們如果再不快一點，就要吃棍子了！」

「這倒是真的！！」

那之後……我就把小莫所講的故事忘得一乾二淨了。

隔天早上空堂的時候，小伊在外面和其他男同學踢足球，這時教室裡除了我一個人坐在某個角落看書之外，小莫和幾位同學則是在另一個角落討論事情，而且似乎這件事情比寫泰文報告還要嚴肅許多。

「該怎麼辦呢？」我聽到她們其中一個人說。

「我們可能要找其他方法了。」這次是小莫講話的聲音。這時儘管我嘗試偷聽她們談論的內容，不過她們似乎對於周遭的事物視若無睹，仍然專心談論著。

「這到底是什麼遊戲啊？跟我們所想的完全不一樣！」

「誰知道這個遊戲會那麼恐怖啊？」

「喂……我不要玩了，就到此為止！」

「怎麼能夠停下來呢？記得嗎？有人說……這個遊戲是沒辦法停的，如果停止玩或是輸了這個遊戲，就一定會死！！」

這時開始有哭聲傳了出來。

「而且關於這個鬼東西，誰會想收著它？」

「我曾經帶著它回家，幾乎一整個晚上都沒有辦法睡覺！」

「那妳帶回家吧！」

「我才不要，它摸起來好熱，妳們不覺得嗎？」

「妳們不要再吵了，無聊死了！」

「妳就先幫忙找其他辦法，不過至少要先把這枚錢幣處理掉！」

這時爭吵的聲音突然停了下來，我趕緊坐好，假裝自己正在看書。不過當我偷偷轉過頭去看後面，就看到小莫和小波朝我這邊走過來。

「噢！妳們沒去外面玩嗎？」我對她們說，假裝沒有聽到她們剛剛的談話。

「因為外面有點熱啦！」她說出了這句話，聽起來相當普通，不過從她的舉動，則是可以看出不尋常的樣子。

「嗯……呃……我可以請妳幫忙一件事嗎？」小莫勉強給了我一個微笑說，不過我能夠感覺到那並不是一個充滿誠意的微笑。

「可以啊，有什麼事嗎？」我先給了她們答案。

原本我以為她是要我幫忙騙老師說她生病，讓她不用上課；或是要借我的作業去抄之類，不過事情並不是我想的那樣，她把一個東西放在我的桌子上。

「可以幫我保管這個東西嗎？」她對著我說，我也低頭去看這個東西。

「這枚錢幣嗎？」

她點了點頭，接著用充滿誠意的微笑說：「拜託！請幫我保管一小段時間吧！」

對我來講，這個東西沒有任何價值，於是我接著問：「它看起來並沒有什麼特別啊！為什麼要我保管呢？」

「呃……」她似乎正在思考該怎麼講，才會讓這枚錢幣變得比較特別。接著她說：「這就是我們用來玩一百個鬼魂遊戲的錢幣啊！是相當神聖的！不過由於遊戲規則，所以我無法親自留著它。」

「那為什麼不請妳的朋友們保管呢？」我說完之後，就轉頭去看她那一群朋友們。

「因為她們也跟著我一起玩這個遊戲，所以也沒有辦法……妳並沒有和我們一起玩這個遊戲，所以才請妳幫忙。因此，如果妳想要有參與感，就請幫忙保管這枚錢幣，直到我們向妳要回來為止吧！」

聽完之後，我爽快地回答：「可以啊！」主要是因為我對這件事情並不是那麼在意，不過我還是不太了解，為什麼她們要把那枚錢幣交給我保管？這到底是怎樣的一個遊戲呢？有那麼多奇怪的規則？

「衷心感謝妳！」她笑著說，看起來似乎鬆了一口氣，然後就往她那群朋友的方向走了過去。不過此時，我卻注意到她的朋友正用奇怪的眼神打量我，而且當大家都回過頭去之後，小波又再轉頭看我一次，然後才回頭和小莫講話。

「姊！請妳幫我一下好不好？」我那個亂七八糟的妹妹突然跑進我的教室，手上則是拿著一本書。

「娜帕！我告訴過妳了，不要來這裡找我！算了，妳到底有什麼事情呢？功課忘了做嗎？」我說完馬上離開位置去教室門口找她。

這時她看起來像是快要哭了，接著對我說：「老師太嚴格了，出很難的功課就算了，還要我們在這個小時之內，把功課做完交給他。所以我才偷偷離開教室，跑來這裡找姊姊幫忙！」

聽完她的話，我嘆了口氣說：「好吧。」

於是娜帕跟著我走進教室，坐在我桌子前方的椅子，這時她也看到了那枚靜靜地躺在我桌上的錢幣。

「姊！妳不把錢收起來嗎？說不定待會就不見了！」她邊說邊指著桌上那枚錢幣。多虧妹妹提醒，我才想到一定要先把小莫託我保管的錢幣收起來。於是我拿起那枚錢幣，不過這時卻被迫一定要馬上放下！

「發生什麼事了？」

「呃……沒有……」

我彎腰下去把那枚錢幣撿了起來。呃……為什麼剛剛摸那枚錢幣……它會那麼熱呢？而且並不是握住很久的那種熱，比較像剛剛從火爐中拿出來的鐵塊那麼熱！

不過我也沒有多想，馬上把它放進裙子的口袋，這時我隱約聽到小莫她們講話的聲音。

「成功了……」

回家的路上，我和娜帕走在一座橫跨運河的木橋上，她走在我的前面，手不斷地擺動著包包，一邊開心地唱著歌。

「喂！妳這樣甩，會把東西都給弄掉的！」我對她講。

「如果掉了，再撿起來就好囉！」她回答，手仍是不斷地擺動著包包。

我嘆了一口氣，轉過頭去看著運河上的蓮花，此時從我的眼角餘光，隱約看到一個女生似乎跟著我們走。當她越來越靠近我的時候，我閃身讓出了一個位置，要讓她先走。

「姊，妳在做什麼？妳要去摘運河上的蓮花嗎？」妹妹轉頭來問我。

我搖了搖頭，然後轉頭去看後面，接著說：「我……」

奇怪的是，現在後面並沒有任何人，沒有女生，就連一隻狗也沒有。而且我們是走在橋上，根本沒有可以跑開的地方啊！

「姊，妳怎麼了？臉色怎麼那麼蒼白？」

「沒有什麼。」我想或許是我太多心了。

於是我們繼續往前走，當我們過橋一小段路之後，再轉頭回去看剛剛那個地方，結果看到一個女生站在那裡！穿著泰國傳統粉紅色衣服，感覺是和我們不同年代的人。

這個時候，我完全不敢問娜帕，她是否也看到了我所看到的東西？

那個時候，我一點都不了解一百個鬼魂遊戲是什麼東西？也不知道該怎麼玩？不過對我來說，我壓根沒有想要玩這個遊戲的念頭，反倒是對於一些傳統的童玩，我覺得比較有興趣。但是目前在我們學校裡，關於一百個鬼魂的遊戲相當流行。特別是有很多其他班的同學，紛紛來我們教室詢問，大家都很好奇，也都想知道這個遊戲究竟是什麼？

我猜這個遊戲，應該是打開一塊板子，然後在板子上面玩，就像一般小孩玩遊戲，感覺並沒有什麼有趣的地方。另外，我想這個遊戲，錢幣應該扮演著很重要的角色；不過既然錢幣有它存在的必要性，為什麼小莫要把它交給我保管呢？還是因為這個遊戲真的有特殊規則，規定玩遊戲的人不能保管這枚錢幣呢？到底這是一個怎樣的遊戲？

「嘿！大白天就在發呆了嗎？」小伊邊說邊用課本拍我的背，讓我嚇了一跳。

「最近好像有很多人提到關於一百個鬼魂遊戲？」我說。

「對啊！妳看，就連平常對遊戲沒什麼興趣的妳都提到了。」他對我說。小伊說得也滿合理的，我本來就對遊戲一事毫無興趣，不過這次卻很想知道關於這個遊戲的所有事。

「好奇怪，為什麼只有小莫她們玩這個遊戲呢？」

「我也不知道，它可能是比較不好玩的遊戲吧！」小伊打開作業本，邊看邊對我說。

過一下子，小伊的聲音突然發生變化，像是有人用手掩住我的耳朵，周遭的聲音變得離我越來越遠。

「希麗察！妳怎麼了？想睡覺嗎？睏了嗎？」小伊突然問我，讓我嚇了一跳。

「剛剛我的耳朵有點怪怪的，不過……現在好像又已經恢復了。」我邊講邊用手拍拍耳朵。

「對了，妳妹妹叫什麼名字呢？」小伊突然問了我這個問題。

「幹嘛問她的名字？你想要追我妹嗎？」

「沒有啦！就是……」

噢！我的耳朵又開始覺得怪怪的了，這次小伊的聲音就像是在一個密閉空間講話似地，有著很大的回音。更奇怪的是，我感覺到有什麼東西正注視著我……不過當我轉頭環顧四周，並沒有看到任何東西，只看到在我後面聊天的女學生們，她們也沒有人在看我。

關於小伊，我則是看到他正看著手上的書，嘴裡念念有詞，我卻完全沒有聽到聲音！

到底是誰正看著我呢？

我慢慢抬頭去看天花板上的小洞，感覺裡面正有一雙銳利的眼睛看著我。眼睛是深綠色的，而眼球則是紅色的！

這時原本動來動去的眼睛，卻馬上消失不見！

「喂！希麗察，妳到底有沒有在聽我講話啊？」

我並沒有聽完他的話，就馬上站起來，從教室往女生的化妝室跑了過去。

這次不僅是耳朵怪怪的，就連我的眼睛也開始怪怪的了！

於是我趕緊用水洗了洗臉，心想或許是因為生病，才會讓我看到這些奇怪的事情。不過當我用手摸摸額頭，卻一點都不熱。到底是怎麼了？

我再次打開水龍頭，眼睛則是看著鏡子裡的自己，並沒有發現任何異狀，眼睛沒有問題，臉色正常，嘴唇也不蒼白。

那我到底怎麼了呢？

雖然我對於降頭這類的黑魔法沒什麼興趣，不過我也不是不相信這世界上有靈魂的存在。其實世界上有很多事情是沒有辦法被證明的，就連科學家也不例外，所以他們才會有世界上沒有靈魂的結論。

今天我是下課後必須留下來打掃的值日生，所以我得等其他學生下課後，才可以進這間教室打掃。這一間教室是我們最常來上課的一間，位置幾乎是在學校最深的角落。

今天小波也擔任值日生的工作，她現在的臉色看起來既蒼白又無神，一點都不像我之前所認識那個活潑的小波。之前她的課業表現非常好，一直都是我們班上的第一名，不過現在一切卻都變了樣，就連上課都在睡覺，也回答不出老師問她的問題，就好像忘記把心帶在身上似地。

「妳好！」我一邊掃地一邊和她打招呼。

「呃，希麗察。怎麼了？」她給了我一個很冷淡的回答。

「妳怎麼了？最近看起來不太有精神，是運動過度嗎？」我問她。

「沒有啦！還不就是那個遊戲的事。」她回答。

「怎麼了？像妳這樣的個性，怎麼會沉迷於那種遊戲呢？而且這也太好笑了，一百個鬼魂的遊戲會有什麼好玩的？」我說。

「我不應該這樣……我根本一開始就不應該參加。」她小小聲地說。

「什麼？那不就是一個普通的遊戲嗎？妳就不要太認真了，才不會讓自己太過於沉迷。」我說。

「但這個遊戲不只是那樣啊！妳知道嗎？輸的人……一定要……遇到未知的恐怖後果！」她說。

我不知道她在說什麼，也不懂她所要表達的意思。但是我看得出來，現在她的心已經不在身上了，已經跑去很遠很遠的地方了。到底是誰害了這位原本非常優秀的學生變成現在這樣呢？

「不要太認真了。」

「真的不只是妳想的那麼簡單！要找到不得好死的鬼魂並不是那麼容易的事！另外，

更不用說那一些鬼魂也會跟著我們回家！」她抓住我的領子說。

「妳到底在說什麼呢？」我開始感到疑惑了，她跟我說的是同一件事嗎？

小波放開原本抓住我領子的手，轉身回去繼續她的打掃工作，這時她看起來仍然是相當沮喪。於是，我接著問關於那枚錢幣的事情，她則是請我繼續幫忙保管。

不過當我聽到這樣的事，我也不太想要保管它了！

「剩下沒幾天了……剩下沒幾天了……我們一定會很慘，如果來不及……我們一定會很慘……」她一直喃喃自語，一點都不想理我。

到底是怎麼了？

「希麗察姊姊！準備回家了嗎？」又是這個聲音，娜帕站在教室門口，對著我揮手。

「快好了啦！妳怎麼會知道我在這間教室呢？」我對她說。

「是妳朋友小伊哥告訴我的啊！他說妳來２３１教室打掃，所以我就來這裡找妳囉！」

這時我不禁心想小伊到底是不是想追我的妹妹啊？

學校附近有一棟建築物，很多人相信在那裡有什麼神祕的事情發生過。二十年前，那邊原本是一間塑膠工廠，由於一場大火，造成很多人員傷亡，所以這間工廠被迫關閉，最後變成了一棟廢棄閒置的建築物。不久，工廠老闆的兒子回來這裡，想要繼續他爸爸的事業，後來他卻被發現陳屍在工廠裡面，直到現在都還查不出原因。也是從那個時候開始，就再也沒有人想要去接觸那個地方了。

不過後來有一個男人，他買下那間廢棄工廠，打算開一間文具店，請了很多工人來改建這棟廢棄的建築物。今天早上，我看到很多民眾都在圍觀，一開始本來不想理會那棟建築物，可是當我走路經過，似乎覺得有人一直在我耳邊說話，同時還有惱人的風聲，這讓我不想去注意那裡的任何事都不行！

當我到了學校門口，就看到小伊正站在那裡。

「有什麼事情嗎？」當他和我妹妹打招呼的時候，我問了他這句話。

「那棟建築物裡有人死掉！」他邊說邊指著那一棟神祕的建築。

「又有人死掉了嗎？」我說。

「咦？曾有人死在那裡嗎？」娜帕疑惑地問。

我點了點頭，接著回答：「對啊！那裡曾經發生過火災，工廠老闆不幸葬身火窟！後來他兒子回來處理的時候，也被發現陳屍在裡面。」

「是喔……曾發生過這樣的事情喔？」她問，臉色顯得相當蒼白。

「這一次死掉的好像也是這棟建築物的主人啊！但還不知道他是怎麼死的，我們下課之後再來看看好嗎？」小伊對我們說。

於是我們慢慢地往學校裡面走了進去，這時我突然想到一件事情。

「嗯……記得嗎？之前我們學校也曾有過學生死掉的事情。我感到很納悶，為什麼這附近總會發生這些奇怪的事情呢？」我說。

「什麼？曾有學生死掉嗎？對了，我好像也聽說過這件事情，就是有一位男學生被車撞到，不過卻沒有發現他的屍體，只剩下一隻手留在現場！」小伊想了想之後，對我們說。

「啊！？一隻手……嗎？」娜帕一臉驚恐地說。

下課之後，我們三個人約好一起走路回家。回家路上忍不住好奇心，又跟著一些圍觀人群和當地居民，站在那一棟具有神祕色彩的建築物前面。

當我一看到它，心裡突然就有了不寒而慄的感覺，直覺裡面一定曾發生過什麼奇怪的事。雖然它經過了幾次的整修與改建，不過看起來仍是相當老舊，有些地方甚至還能看到先前火災後所留下的痕跡！

「等我一下，我去問問朋友。」小伊說完之後，就跑去找朋友。同時娜帕也跑去找她的朋友，只留下我一個人呆在原地。

我覺得大家一定都很好奇到底死掉的人是誰？不過對我來講，我卻是對這棟建築物比較感興趣，因為裡面實在有太多神祕未知的疑問了，說不定在它的上面……正有人看著我呢！

過不久，我突然不經意看到一位高高的、頂著一頭黑色亂髮的男人，正倚靠著牆，像我一樣看著那棟建築物。他似乎一點都不在意周遭討論的聲音，只用好奇的眼神，專心地看著。

動作跟我很類似。

我走過去找他，他一點都沒有想理我的意思，就連轉頭過來看我一眼也沒有。

就在這個時候，他突然冒出一句話：「這裡發生了什麼事？」

「什麼？呃……有人死在裡面！」我左顧右盼，想知道他到底在跟誰講話，不過這裡似乎只有我一個人，所以應該是在問我吧！

他點了頭，接著說：「是誰啊？」

「是本來想要在這裡開文具店的老闆。」我回答，就連我們對談的時候，他也沒有轉頭來看我，仍是一直看著那棟建築物，然後就陷入一陣沉默。

我心想這個男人怪怪的，於是決定離開他身邊。

「希麗察！」小伊對著我揮手，要我過去找他。當我走過去的時候，就看到一輛豪華的黑色賓士轎車停在路邊。我猜這應該不是附近居民的車，因為這裡從來沒有看過這麼高級的車子。

這時我看到一位男生從車上走下來，穿著襯衫，外面套著一件西裝外套，看起來就是有錢人的裝扮。另外，在他的領帶上面有著一個標誌，我想應該是代表某一間學校的校徽吧！所以他應該還是一位學生。接著他朝我這邊走過來，經過我的身邊，去找剛剛和我講話的那個男人，看來他們兩個人應該彼此認識。

這時我往後退了兩三步，目的是想要偷聽他們兩人之間的對話。

「喂！你怎麼跑到這裡來了？」那個看起來很有錢的人說。

「嗯。」

「你覺得阿偉還留在這裡嗎？都已經過了十幾年，還不放棄嗎？」

「嗯。」

「坤庫！我告訴你，阿偉已經走了，不用擔心他啦！」

這一次名叫坤庫的人並沒有回答，看起來仍然是怪怪的樣子。

「你就放棄吧！不用再找他了！」

「我也不曾希望他……」

「喂！你們都退後一點！」

有一位警察走過來要求我們離開這裡。同時，我還看到很多警察，帶著很多的裝備走進那棟建築物。這時小伊和娜帕也都回來和我會合，我們互相討論之後，才發現三個人收集到的資訊都差不多。

原來昨天晚上，這棟建築物的主人不幸死亡了，沒有人知道他是怎麼死的。不過聽說他的死狀很淒慘，身上與臉部有著一圈一圈明顯的火燒痕跡，警察研判他是因為受不了這樣的疼痛，活活被燒死的。

「好奇怪！」小伊說。

「聽起來好恐怖喔！」娜帕也說。

「呃……」我說不出話來，腦海中只想到剛剛那兩位男生聊天的事情。到底他們正在找誰呢？到底他們所講的事與現在大樓所發生的事有沒有關聯？

有太多我沒辦法理解的疑惑。

這時我看到那兩位男生一起走向轎車，發現那位我剛剛和他講話的男生正轉頭過來看著我，似乎知道我也正在看他。他仍然一直盯著我不放，直到另外一位男生叫他上車為止。

我看著那輛車，直到它消失在我眼前。

到底那一位男生是誰？

我和娜帕一起回到家。我們家裡一共只有三個人，包括我們的媽媽。當我五歲時，爸爸就去世了，從那時候開始，媽媽必須在外面打零工，賺錢養活我和妹妹。

我跟媽媽之間有種陌生感，是什麼緣故我也不知道。另外，媽媽常會用奇怪的眼神看著我，而我也會回以同樣的眼神。這樣的情況很像我們只是彼此認識的人，雖然我很尊敬她，她也很盡力地照顧我，不過我們之間就是缺乏了一種親情的關係，很像是中間隔了一層玻璃，雖然靠近卻又無法碰觸。至於娜帕，她和媽媽之間就相當親近，我也接受媽媽愛娜帕比愛我還多的事實。不過說起來也很合理啦！每次娜帕放學回家之後，她總是跑過去抱著媽媽，分享任何話題，不像我總是想要和媽媽保持距離，不想和她靠得太近。

有時候我也會想，說不定我並不是她的親生女兒。

我走進自己的房間，把書包丟在床上，走到桌子前面，打開抽屜，把躺在最角落位置的日記本拿出來。我喜歡把每天發生的事情寫進日記裡，不分大事小事，我全都想記錄。說不定等我長大之後，再回來看自己所寫的日記，還能清楚知道那時發生了什麼事呢！

當我正要打開日記本時，就聽到外面傳來娜帕的聲音。

「姊！妳趕快出來吧！我快忍不住了！」

我走過房間門口，從微張的門縫中看出去，看到娜帕在外面跳來跳去。

「喂，為什麼妳不用下面的廁所呢？上面這一間是媽媽使用的。」我對她講。

娜帕轉頭過來看了我一下，就回過頭去看著門口說：「是媽媽嗎？我以為是姊姊在裡面！」

「我人就站在這裡啊！怎麼會在廁所裡呢？」我對她說。

「呃，可是……媽媽正在廚房啊！」娜帕對我說。

這時我們兩個人都沉默了。

「那到底是誰在廁所裡呢？」娜帕邊說邊往後退了幾步，同一時間，廁所裡傳來了用水瓢舀水沖馬桶的聲音。我一把抱住娜帕，如果我們遇到了奇怪的事，至少還能一起面對。

廁所裡有人打開了門鎖，慢慢把門推開……

「……」娜帕的聲音聽起來像是卡在喉嚨裡，想要大叫，又不敢叫出來。我們眼睜睜看著一位中年男人從廁所裡走出來，由於光線照射，他的臉上明顯看出許多黑色斑點。他轉過頭來盯著我們，露出相當銳利的眼神。

這人的衣著看起來挺奇怪，上衣看起來像原住民穿的衣服，褲子則是一般布料長褲。另外，他身上還揹著一個大大的包包。

「啊——！！」

我們兩姊妹放聲大叫，馬上跑下樓去廚房找媽媽。本來正在炒菜的媽媽，被我們的舉動給嚇到，幾乎要把鍋子裡的菜甩到我們臉上了。這時我們趕緊躲在媽媽身後，一邊試著跟她說有陌生人躲在樓上廁所裡的事情。

「發生什麼事了？妳們兩個人在玩什麼？」媽媽略帶生氣的口吻說。

「媽！樓上的廁所裡有一位陌生男人！」娜帕嘗試著跟媽媽說明，過沒多久，那個中年男人也跟著走進廚房。

「喔……是我讓他進來的！」媽媽點點頭說。

「是喔！」我們兩個人異口同聲地回答。

「他只是進來跟我們要一點飯和水！」

這時我一直緊盯著那位陌生的中年男人，因為他看起來實在無法讓人相信，我怕他是想進來偷東西的小偷。不過接著媽媽就要我們先離開廚房，於是我們兩人慢慢地走了出去。後來吃飯時，卻依舊看到那位中年男人坐在我們對面，和我們一同用餐。

「姊！到底那個人是誰啊？」娜帕小小聲地問我。

「我也不知道啊！」我回頭回答娜帕，然後轉頭去看他說：「阿伯！你真的只是來這裡吃飯嗎？」

「他不是壞人啦！不用想太多，希麗察！而且我讓他用樓上的廁所，只是因為樓下廁所壞掉了。」媽媽一邊對我說，一邊在廚房裡炒飯。

「但是媽……我們家裡只有三個女生，不應該讓陌生人進來家裡啊！」娜帕對著媽媽說。

這時那人突然笑了出來，當他笑的時候，我大概猜得出為什麼媽媽會讓他進來，八成是因為他看起來比較帥吧！

「這兩個小孩說話可真直接！」

「他的聲音聽起來很像是老和尚在講話。」娜帕小聲地跟我說。

「當我買菜的時候，他幫了我一些忙，所以現在這只是對他小小的回報！」媽媽背對著我們說。

「但是媽媽，妳也不可以隨便讓陌生男人進來我們家啊！」

媽媽轉頭來看我，臉色不太滿意地說：「妳有什麼權利來幫我決定！快幫我把這些飯菜裝進塑膠袋給他！」

媽媽說完後，轉身就離開了廚房。

我聽媽媽的話把一些飯菜裝進塑膠袋，不過眼睛還是一直盯著他不放。

「那……我講一個故事給妳聽，作為給妳的謝禮，好嗎？」那個男人說。

「什麼故事呢？」娜帕似乎對於他的話有興趣，不過我可不吃他這一套。

「應該是騙小孩的童話故事吧！阿伯！我和妹妹已經長大了，沒有時間聽你講那些愚蠢的事情！」我說。

「連妳自己的故事也不想聽嗎？」

我愣住了。

「妳想知道什麼事情，我都可以告訴妳……」

我帶著不相信的口吻回問他：「那你告訴我，我的上輩子是誰？」

他皺了皺眉。

「你根本不知道對不對？」我略帶輕蔑的笑容對他說，然後繼續把一些飯菜裝進塑膠袋裡，心想給他這樣一點點應該就夠了吧！

「妳好像對於前輩子的事情相當好奇。」

「是啊！你到底能不能告訴我，我前輩子到底是什麼呢？」我對他說。

「妳是人……」

我笑笑地說：「不是喔！上輩子我應該是狗！」

「而且妳和別人有持續的因果輪迴關係，永遠不會停止！」

「什麼？」我轉頭看看娜帕，對他的話也感到滿擔心。

「姊……」

「阿伯你提到的到底是什麼事呢？」

「妳上輩子的事情……再過不久妳就會知道了。但是我先告訴妳，如果想要用不好的手段去報復別人，只會讓妳在輪迴裡陷得更深！特別是一位小女孩與她媽媽的事！」

「噢！好了沒？」媽媽這時走進廚房，我的動作則是因為聽了他的話之後停頓下來。

我會跟……一位小女孩……還有她的媽媽有因果輪迴的關係嗎？

在這之後，我就因為其他事情，把陌生人來訪的事忘得一乾二淨。

其他事情是指：小莫和其他朋友開始生病，一直請假沒有來學校上課。另外，還有一次烹飪課時，她們那群的其中一人突然大叫，當時我以為是看到了蟑螂。

「啊！！！」

「發生了什麼事啊？」

「怎麼了？」

那時老師並不在教室，大家分組正在準備烹飪的東西。因為小莫那一組是在教室角落，所以大家都轉頭去看她們。至於那時候的我，則是準備切洋蔥。

「發生了什麼事啊？」我轉頭去看著另一組的小伊說。

「不知道啊！都被其他人擋住了，我看不到。」他回答我，這時我乾脆放下手上的刀子，跑過去小莫那邊。只看到小莫跪在地上，雙手緊握，似乎正祈禱些什麼。

「小莫到底怎麼了？」我問離小莫最近的小波，她只是對我猛搖頭。

「它要殺我！！」

小莫突然叫出這句話！

「它要殺我！！」

「啊——！」

她站了起來，發出巨大的慘叫聲。當時看著這一幕的人群，全都嚇了一大跳，因為大家看到血從她的身上流下來。這時的我則是感到很納悶，一般流了這麼多血的人，會講出這樣子的話嗎？

「誰要殺妳啊？」我突然問了她這個問題，剛好老師走進來，小莫馬上就被帶去學校的醫護室。我走回自己的位置，跟小伊說剛剛看到的情況。

「小莫明明就是自己割傷的，她居然說有人要殺她。」他說。

我點點頭說：「對啊，她可能已經有點神志不清了吧！」

她們是否發瘋，我不是很清楚。不過後來她們那一群，常常會出現很奇怪的動作，像是突然間哭出來或是大聲慘叫。還有一次，我看到小波從廁所裡衝出來，然後放聲大哭。據詢問後來從廁所出來的人，他們說小波在廁所裡跟不明人士說話，還一邊講一邊哭。

我想這些事情應該不只是心理的問題。

不久，這些事情就在學校裡傳開了，而且我的妹妹也一定會知道。

「喂！姊姊！我覺得妳的朋友全都瘋掉了。」吃飯的時候，妹妹突然這樣說。

「我覺得還沒有完全發瘋，不過我想應該差不多了！」小伊突然插進這句話，不過我納悶的是，為什麼現在他會在這裡呢？

「我覺得這件事情並沒有那麼單純。妳記得嗎？小莫曾經跟我提過一個遊戲，我忘記它叫作什麼名字了……」我說。

「一百個鬼魂的遊戲！」小伊說。

「呃……對喔！那到底是個怎樣的遊戲呢？」

「一百個鬼魂的遊戲嗎？聽起來好像挺好玩的，她們是從哪裡知道這遊戲的？這個遊戲又要怎麼玩呢？」娜帕看起來挺有興趣地問。

我想到之前小莫請我幫忙保管的那枚錢幣，目前它還乖乖地躺在我的錢包裡，而且小莫給我之後，我就再也沒有碰過它。

我的生命一直以來都是平平穩穩的，沒發生過什麼大風大浪。儘管曾經有什麼變化，也僅限於小小的改變。但是從這時開始，我的生命曲線將一路開始走下坡。也是從這個時候開始遇到的各種情況，慢慢地讓我知道，一百個鬼魂的遊戲是多麼危險的遊戲。

今天，由於娜帕要去朋友家做報告，所以只有我一個人走路回家。當我正要過橋的時候，又遇到先前曾經遇過的狀況。我微微轉頭，從眼角餘光看到一個女生正在後面跟著我，離我越來越近，近到我幾乎感覺到她呼吸的氣息就吐在我的脖子上。於是我側著身子，想讓她先走，不過當我轉過頭去看，卻又沒有看到任何人影。

我在橋中央站了很久，當我決定繼續往前走的時候，從眼角餘光又發現那個女生，而且我們之間的距離就跟先前差不多。

這時的心跳莫名加速。我心想，這裡現在只有我一個人，如果真的發生了什麼事，那應該如何是好？

當我停下腳步，那個女生也跟著停下腳步。

當我往前走，她也跟著往前走。不會吧！這時我突然發現了一件事情！

我完全沒有聽到她的腳步聲……也沒感受到她移動的聲響，她就像一顆汽球飄在我後面似地。

應該怎麼做才好？轉頭去和她打招呼？還是讓她繼續跟著我走呢？抑或是就突然轉過頭去看她？

走……停……走……停……

當我走到橋的盡頭，決定轉過頭去。

「希麗察！」

有一個人突然叫我的名字，她是我的同班同學。

她的名字叫作薩娃。

「咦？妳住在這附近嗎？」我問她，這時我幾乎忘記我剛剛要做什麼了。

「妳也住在這附近嗎？妳家也是從這邊進去？」薩娃微笑地對我說，同時指著前方的小街。

我點點頭回答她。她告訴我她家在那條小街附近，現在出來幫媽媽買東西。

「好！那先再見了！」她對我揮揮手說，就走另一條路離開；我也跟她說再見，然後轉過頭去。

這時我突然想到，剛剛一直跟著我走的人會不會就是薩娃呢？

到家之後，家裡沒有任何人，我直接走上房間。進了房間後，我把身上的書包放下來，就拿出日記本準備開始寫今天發生的事。其實今天的事情都很奇怪，不過最奇怪的應該是小莫吧！她不小心割傷自己，卻大叫有人要殺她，真的是非常莫名其妙。

我打開日記本，拿起筆準備開始寫，突然發現手上有水。

「啊！都弄濕了！」

一開始我以為是自己不小心在哪裡碰到水，不過看來看去，我發現那並不是普通的水。於是我把日記本拿起來看，發現是一整片紅色的髒污，接著我回頭看自己的手，發現手竟然是紅色的。

「咦？這是從哪來的？」我一邊講一邊擦著手。當我轉頭過去看日記本的時候，又發現有新的紅色污點出現在上面。

「呃……」我把日記本拿起來，發現紅色的水從上面滴下來。我本能地抬頭看向上面，只見紅色的水從天花板上滴下來，而且顏色有越來越深的趨勢，看起來相當可怕。

那紅色的水看起來很像……血！

這時我往後退到床邊，看著紅色液體不斷地滴下來。我心想，我家是一棟兩層樓建築，怎麼會有紅色液體從上面滴下來呢？

眼見滴在桌上的紅色液體越來越多，我嘗試用抹布把桌面擦乾淨，不過當我動手去擦的時候，就發現滴下來的液體越來越多，像是天花板破洞似地停不住。而且也開始滴在我的身上，讓我全身幾乎都變成紅色。

「什麼東西！」我叫得很大聲，同時，房間的窗戶突然全部用力關上。

這時我雙手緊握床單，整個人呆滯了約三十秒。

我說服自己，應該只是風吹所以窗戶全關了起來，不用太過害怕。

於是我走到窗邊，打算把窗戶打開，這時突然有人的呼吸聲出現在我耳旁。這個聲音從哪裡來我並不清楚，不過一定不是我自己的呼吸聲。我轉頭環顧四周，想尋找聲音來源。

當我望向房間門口的時候，只看到一個阿婆站在那裡。她的頭髮有黑有白，臉上笑嘻嘻的，看起來就像賣點心的老婆婆，身上則是穿著傳統的泰式衣服。

現在我意識到可能是遇到鬼了！

那個老婆婆給了我一個淺淺的微笑，不過我真的沒有辦法對她微笑。現在的我只能站在原地發呆。

不用害怕！希麗察！她只是普通的老人。我一直不斷地告訴自己。

「呃……老婆婆您需要什麼呢？」我先開口問，說不定可以幫上她的忙，讓她可以快點離開這裡。

老婆婆仍然對著我微笑，這讓我安心許多，打算走過去找她。

「老婆婆……您是鬼嗎？」

老婆婆還是沒有回答，我心想說不定她沒有辦法講話，所以我更靠近她，想要過去碰觸她的手，這時她卻突然動了一下。

老婆婆本來帶著微笑的眼睛，突然變得又黑又大；她的嘴巴也張得超大，可以清楚看到她黑色的牙齒與從嘴角流下的紅色液體。她往前抓住我的手，然後不停地大聲狂笑。

「啊——！！！」

「希麗察姊姊！」

我張開眼睛，看到娜帕正搖著我的身體。

「姊姊，妳還好嗎？」

這時我呼吸急促，心跳得很快。

「姊！姊！」娜帕不停地叫我，我卻連一句話都講不出來。現在的我躺在地板，而娜帕則是跪在旁邊，一直不斷地搖著我的身體。

「姊姊躺在地板上，看起來好像快休克，我差點要請人來幫忙了。姊姊還好嗎？」娜帕對著我說，慢慢地把我扶了起來。

針對娜帕的問題，我搖搖頭，呼吸依然相當急促。

「為什麼妳要躺在地板上不斷慘叫呢？」

「真的嗎？我……」我喘息道。

現在的我一直流汗，當我低頭看著手，卻沒發現什麼特別的地方。那些紅色液體都不見了，但是剛剛發生的事情仍清楚地記在我的腦海裡，特別是那位可怕的老婆婆！

到底我發生了什麼事？

「姊！妳真的打算不跟媽媽講這件事情嗎？如果是身體出了毛病，我怕會來不及處理啊！」隔天早上，我和娜帕一起走路上學的時候，她一直嘮叨地說。

「不用了，我還好！」我說，同時勉強擠出一個微笑。其實我現在很累，我想是因為昨晚幾乎都沒有睡。

「那為什麼妳不跟我說為什麼妳會摔倒在地板上呢？」

這時我們已經走到先前發生奇怪事情的橋上，我刻意往後看，發現從家裡走往學校的方向時，我後面並不會看到那個女生！

「我……應該只是頭暈吧！」我說，這時我感到比較安心，至少橋上沒有發生怪事。

「如果只是頭暈，為什麼姊要慘叫？」

「好了好了，沒事了！」

當我們再往前走一下，就來到一家賣香腸的攤子旁，這時娜帕馬上跑過去買。

「姊！妳要吃嗎？」她轉過頭問走在她後面虛弱的我。

「不要，不過我幫妳出錢好了。」我說完就伸手進口袋拿錢。

「當然囉！姊姊對我最好了！」

我把口袋裡的錢包拿了出來，就突然想到小莫拿給我的錢幣也是在這個錢包裡面，不知道她什麼時候會把它拿回去？我心想應該也差不多了，就找個時間拿去還給她吧！

我打開錢包，想要把小莫給我的錢幣拿出來看時，嚇了一大跳！

「啊！姊踩到我的腳了啦！」娜帕大叫。

「噢！不好意思！」我對她說。此時小莫給我的錢幣掉到地上，一路滾到香腸攤的輪胎下面，我看到娜帕準備伸手去撿。

「等一下！我來就好了！」說完我馬上跑過去要拿那枚錢幣，心想還好剛剛香腸攤的老闆叫娜帕拿香腸，她才沒去撿那枚錢幣。

這時我真的很好奇。

為什麼小莫給我的錢幣會這麼燙呢？

接下來的一個星期，小莫她們輪流請假，甚至有一天，她們整群人消失不見，連老師都開始好奇她們到底跑去哪裡。我們全班同學也不清楚她們到底發生了什麼事。

現在我比較擔心的是那枚錢幣。另外，關於我遇到鬼的事情，我也沒有跟別人說，包括娜帕與小伊，因為當時我以為事情應該沒那麼嚴重。

直到某一天，老師過來告訴大家小波過世的消息，這讓我們相當震驚。

「到底怎麼了？」我低聲地喃喃自語。

「老師！您說的是真的嗎？」班上其中一個學生問。

「是的。她媽媽告訴我的，可能是因為她最近身體不太好，下樓梯的時候不小心摔下去，頭撞到樓梯邊緣，不幸過世了。」老師說，看起來心情也很沉重。

我馬上轉頭去看小莫，她算是小波最熟的朋友了。不過她卻一直看著窗戶外面，似乎對這件事情沒什麼感覺。

我覺得不太對勁，而且我也想要把錢幣還給小莫，於是趁著下課的時候，跑過去找她，除了要還錢幣，還想要搞清楚小波的死因。

「小莫！」我大聲叫她，她卻一點反應都沒有，像是神遊到另一個世界。

「小莫！！」我邊叫邊搖她，這時她卻發出了一聲慘叫！
「不！！不要殺我！不要殺我！」
在大叫的同時，小莫推了我一下，害我撞到後面的椅子，發出了很大的聲響。搞得班上同學全都跑過來，小伊則是抓住小莫的手，怕她做出更激烈的舉動。
「我要把這個還給妳！妳到底怎麼了？」我大聲地說。
「我不要！妳把它拿去丟掉！拿去丟掉！我不要它了！我真的不要它了！現在一切都來不及了！」她一邊講一邊哭。
我真的不知道小莫、小波和她們的朋友到底發生了什麼事，不過我覺得這一定不是一件尋常的事情。
恐怕就連我，也要被捲入這件不尋常的事件了！
「如果我猜得沒錯，一定跟一百個鬼魂的遊戲有關係！」小伊信誓旦旦地說。
我們正在上園藝課，因為陽光很強，我一邊用鏟子挖著土，一邊用手擦著額頭流下的汗水。

「然後呢？」

「我覺得這件事情一定很嚴重！」

我嘆了一口氣，接著說：「你覺得這件事情還會有別人知道嗎？」

「我想我可以去找別人問問看，說不定還有對於一百個鬼魂遊戲更了解的人！而且既然小莫她們都知道這個遊戲，一定還會有其他消息來源。」小伊說。

「我覺得直接去問小莫就好了吧！」

小伊把鏟子插在土推上，然後擦了擦汗水說：「難道妳沒有看到嗎？小莫現在已經發瘋了，就算問她，也問不出什麼來的！」

嘻……嘻……嘻……

「不要發出那樣的聲音啦！聽起來很討厭！」我說，同時把袋子裡的培養土倒出來，用鏟子混合均勻。

「什麼聲音啊？」

嘻……嘻……嘻……

「就是這個討厭的聲音啊！你沒聽到嗎？」我用鏟子指著小伊的臉說。

小伊皺眉看著我，接著說：「我真的沒聽到什麼聲音啊！只聽到我們聊天講話的聲音。」

我納悶地問：「真的嗎？」

「不要再發神經了！」小伊說完，就繼續混合地上的培養土。可是我仍然一直聽到那個討厭的聲音！

小伊準備好要用的土之後，就起身走到另一邊去拿花盆，我則是繼續處理培養土。正當我要轉頭去拿花盆時，突然有個人站在我的眼前，讓我嚇了一大跳！

「妳好！早上的事情……真令人難過。」薩娃微笑地看著我說。

我點頭作為回答。

「我跟那位死掉的同學不太熟啦！她跟妳比較熟是不是？」

「應該吧！」我皺眉回答，心裡卻想，我什麼時候跟小波很熟了？

「對了……往妳家方向那邊……妳有沒有遇過什麼奇怪的事呢？」

「妳指的是什麼事？」

「就是在那座橋上啊！妳有沒有遇過什麼奇怪的狀況？」她說，看起來一派輕鬆。

這時我一邊把花盆拿起來，一邊對著她說：「妳……知道橋上的事情嗎？」

「我跟妳說……我也可以看到橋上的女生喔……」她小小聲地說。

我手上的花盆幾乎要掉到地上！

「妳會看到她算是很正常啦！那個女生之前不小心掉到運河裡，陷入河中因污泥窒息而死！」

「呃……」我說不出任何話。雖然我表面上看起來還好，不過手卻是冰涼到不行。

「她總是在那裡走來走去……我每天晚上都會看到她……有時候是在運河裡，有時候則是在橋上……」

「希麗察！」我聽到小伊叫我的聲音，突然感到安心許多，至少我不用再聽薩娃把這件可怕的事情講完。在我要離開前，她突然補了一句話：

「如果妳不小心……剛好在那個女生身亡時經過那座橋……妳就可能被她拉下去運河裡面喔！」

聽完我只有一個想法：我才不信！

隔天小莫突然跑到我家，神色既緊張又害怕，似乎是被什麼東西追趕而來。無論我問她什麼，包括關於一百個鬼魂遊戲的事，她一律不回答，精神狀態相當不穩定。

這時我心想如果她真的發瘋，又一直來打擾我，搞不好換我會不小心殺了她！

但現在的我，只能看她突然又轉身跑掉。在她離開之前，跟我講了最後一句話：

「我們一定全都會死！」

這件事情發生後的隔天，我遇到小莫的其中一個朋友，雖然我忘記她的綽號，不過我還記得她的名字叫作姬妲。雖然她現在頭髮亂亂的，臉上還有黑眼圈，看起來也是快瘋了，不過似乎比小莫的情況還要好一些，我試圖請她跟我講關於一百個鬼魂遊戲的事。

她就開始告訴我，一百個鬼魂的遊戲究竟是在玩什麼。

她說，這是一個很恐怖的遊戲，玩的人一定要在二十一天之內找到一百個鬼魂。如果無法達成，生命就會遇到可怕的遭遇！

這麼可怕的遊戲，怎麼會有人玩呢？！

「妳們真的相信這個遊戲會殺人嗎？」我問。

「小波已經死了……我們一定也會跟著她死……包括妳！」她說。

「妳說什麼？」

「我說妳一定也會死，因為妳保留了那枚錢幣，所以妳也逃不了！」

「那跟我有什麼關係？如果妳想死就去死，不要把我拖下水！」我說，心裡相當不舒服。

「妳真的會死！妳會死……就像我們一樣……」她很認真地看著我的臉說，似乎她已經變成了另外一個人。

我受不了了，所以在她講完事情之前，我馬上離開那裡。

像我這樣怎麼會死？！她一定是發瘋了！我怎麼會跟她們扯上關係？！而且就算她們因為玩了那個遊戲而死，那也跟我沒關係，因為我根本沒玩那個遊戲！另外，那只是一枚普通錢幣，如果我把它拿去買點心花掉，不就什麼事都沒有了！

因此，今天走路回家的時候，我不停地東張西望，想要找到賣點心的攤販。

「咦？姊妳今天好奇怪，怎麼會想找賣點心的攤販呢？平常妳都不想買零食啊！」娜帕疑惑地問。

「我有點餓！妳要吃什麼嗎？我這裡有五元！」我回答。

「不用了，妳只有五元，如果兩個人要吃是吃不飽的，姊姊自己吃吧！妳實在是太瘦了。」

這時我看到前方有一攤賣炸雞的攤販，打算走過去買。不過，此時心中突然閃過了一個念頭，告訴我不要買，於是又讓我放棄買這攤炸雞的想法。

「哦，姊姊不買嗎？剛剛看起來好像要去買了。」娜帕問我。

「呃……嗯……我不餓了。」我說，這時我也是相當疑惑。

「呃！可能姊姊覺得自己這樣瘦瘦的，會比較好看吧！好了，就讓我們趕緊回家去吃媽媽煮的飯吧！」娜帕一邊開我玩笑，一邊調皮地跑過前面那一座橋。

我跟著娜帕往前走，不過當我走到那一座橋時，突然想到薩娃對我說的話。

「妳會看到她算是很正常啦！那個女生之前不小心掉到運河裡，陷入河中因污泥窒息而死！」

想到這裡，我的心跳瞬間加速，腦袋裡就像是有人在打鼓，讓我相當慌張。心裡一直想：如果薩娃所說的是真的呢？那……

「如果妳不小心……剛好在那個女生身亡的時間，走過橋的話……妳就可能被她拉下去運河裡面喔！」

眼看娜帕已經過橋，就要跑進要回家的小巷子裡，而我仍然站在同樣的地方發呆。

仔細想想，今天回家的時間跟平常差不多啊！之前也都沒有遇到什麼事，那我現在幹嘛害怕呢？我想薩娃可能跟小莫一樣吧！只是想開我玩笑，過不了多久就會告訴我她們只是在騙我。

那小波呢？

我慢慢往橋上走去，感到這座橋的距離比平常遠了許多。而且我的四周像是都停止下來，連一點風也都沒有。

到底小波死亡的真正原因是什麼呢？

這時我嘗試讓自己走得比較快，不過也不想讓可能躲在旁邊偷看我的薩娃發現，其實我有害怕的感覺，要不然我那驚恐又慌張的表現，一定會成為她的笑柄。

她的死是不是因為一百個鬼魂的遊戲呢？

我試著不要轉頭去看後面，讓自己的眼睛只往前方看，心裡也是一直想著回家的事情。過了一會兒，我幾乎走到這座橋的末端了。這時我多希望娜帕會跑出來叫我趕快回家，好讓我可以趕緊度過這個令人討厭的情況。

那妳就相信薩娃所講的是真的嗎？

不曉得是什麼緣故，我一直想用眼角餘光去看後面。另外，我感覺背後有涼涼的感覺，不禁起了雞皮疙瘩。

其實大家講的都是真的……只是看妳相不相信……

我又發現在右後方不遠處，有位長髮女生站在那，就和每一次的情況差不多！雖然她跟我一起走，不過我完全沒聽到她的腳步聲，或許是因為她的動作本來就不太像是人吧！到這個地步，我實在很想直接跳到橋的另一邊！

希麗察……妳也一樣會死……妳也會……

距離通過這一座橋只剩下一步的距離，不過我感覺到她正要伸手過來摸我，同時還講了一些我聽不太懂的話。另外，當我注意到她的手臂時，竟然看到不斷有水從她綠色腫脹的手滴了下來，令人作嘔。

希麗察……妳也一樣會死……妳也會……

我飛奔回家，準備開始寫日記，可是其實根本無法專心。現在雖然我仍然覺得一百個鬼魂遊戲是騙人的，但是在我的內心深處，卻默默相信這件事情是真實存在的！不過直到現在還是不明白，明明我只是幫忙收著那枚錢幣，為什麼就會跟這個遊戲扯上關係呢？又為什麼我就要像小莫她們一樣面臨死亡的威脅呢？

我真的不懂！不懂！不懂！

「姊……妳還好嗎？自從回來之後，妳就一直在寫日記。」娜帕走進房間對我說。

其實我已經掉入她們的圈套……小莫她們騙我，讓我跟她們一起分擔玩這個遊戲的風險。不過儘管如此，我也一定不會輸，我一定要知道一百個鬼魂遊戲到底是什麼，也要知道它為什麼會讓我死！而且最後絕對可以找到讓我不會死的方法！

我怎麼會死？到底誰會殺了我呢？

是在橋上的鬼魂嗎？還是跑進來房間的老婆婆呢？

到底是誰會殺我呢？

我還是覺得大家都在騙我，都是騙我的啦！

我真的不想死！我真的還不想死啊！我還有很多事情要做，我還有……

「啊！！！」

我馬上跑離我的桌子，因為又有血從上面滴下來，滴在我的日記本上，讓我所寫的那一頁沾滿了血跡。

「不要……不要……我……我不要死……」

「姊！妳怎麼了？」

我一定要知道自己會發生什麼事，也一定要知道小莫她們已經發生了什麼事！

我從房間裡跑出去，不小心撞到站在門口的娜帕，害她不小心摔下去。但是我一點都不想管，只是一直跑，最後跑到那座橋上。我看到那位女生站在橋上看著我，手則是握著橋的扶手。才過一下子，橋的扶手就突然斷裂，而她則是掉到運河裡面。

「不！！」不知道是從哪裡來的力量把我推了過去，似乎要我去救她。當我衝到橋中間，卻發現一切都是正常的，根本沒有東西斷裂。另外，我也看了下面的運河，河面相當平靜，完全沒有任何漣漪。

但就在這個時候，那個女生突然出現，站在我的旁邊。我發現她那被黑髮覆蓋下的臉色，顯得相當難過。另外，她的身體濕透了，傳出陣陣令人作嘔的惡臭。

這時我不禁覺得自己最近遇到的事情很奇怪。不但遇到奇怪的鬼魂，也跟很多鬼魂扯上關係，更不希望自己一定會死。

我受不了每天都要遇到這種恐怖的情況，真的快受不了！

不過我努力說服自己，一定不會像小莫那樣，也不會讓任何人控制我的生命，特別是那一些討厭的鬼魂！

隔天我決定找小莫出來講話，因為我想要知道這件事情所有的真相！當我一聽到中午休息的鐘聲，就走過去找她，一把抓住她的手走到教室外面，讓她沒有拒絕的機會。

到教室外面後，我立刻拉她到這棟建築物的四樓去。

「妳快點告訴我，這件事情的真相到底是什麼？」

小莫不敢看我的眼睛，她看起來既疲累又驚恐。

「告訴我妳們到底想要幹什麼？為什麼說我會跟妳們一起死？到底事情的真相是什麼？！」

「我對不起……希麗察……真的對不起……」她一邊說，一邊雙手合十，乞求我的原諒，眼淚也忍不住流了下來。現在的她看起來精神狀況已經瀕臨崩潰，嘴裡不斷說：「對不起……我真的不是故意的……」

我非常生氣，不斷搖著她的手臂說：「妳不用再騙我了，妳們是在跟我開玩笑是不是？！妳們想看到我發瘋，像妳們這樣是不是？！」

「我不是故意的……我真的不是故意的……放開我吧……」

「妳告訴我！告訴我！要不然我一定會殺了妳！」

「啊——！！！」

其實我本來已經打算給小莫一巴掌了，卻被這個叫聲吸引了，我以為這個叫聲是因為有人看到我不斷搖著小莫，要對她不利。不過事實似乎不是如此，我看到許多學生跑到陽台邊，手握著欄杆往樓下看。

「發生了什麼事？」我放開小莫，往人群方向走去，接著跟著大家往球場的方向看去。

「啊！」有個女學生驚恐地掩住臉孔，當我看到眼前的情況時，也感到相當噁心且極度不舒服。

球場中間，有顆人頭掉在那，上面沾滿了濃濃的血液。原本在那裡踢足球的男生們，一開始因為好奇，走過去看那是什麼東西，不過當他們一見到那顆頭顱，就馬上嚇得落荒而逃，更不用提附近摀住嘴巴跑走的女學生了。

「慘了……怎麼回事？這到底是怎麼回事呢？」有位老師一直喃喃自語。

這時我轉頭過去看小莫，發現她已經消失不見。

「那是她的身體啊！」有位學生邊叫邊用手指向另一個方向，我也跟著看了過去。在那裡我看到一具穿著女生制服的屍體趴在一張木頭椅子上，屍體上方有一條懸在半空中的鐵線，不斷有血從上面滴下來。

那當然是一具無頭的屍體！

「一定是那條鐵線讓她身首異處……真噁心……」有位學生表示。

我決定馬上跑下樓，除了想找小莫，也想知道不幸死亡的女學生到底是誰？！

我跑到球場中間，現場有位老師，不斷要求學生離開，不要靠事發地點太近。不過由於這件事實在是太驚悚了，看得出來連老師也相當害怕。我雖然也很怕，不過還是擠入那群男學生之中，想要看看不幸死亡的學生到底是誰！

那頭顱……看起來像是融化在球場上！我想可能是因為掉落下來的速度太快，才會讓頭顱破裂，導致腦漿都流了出來，形成我們看到的景象。而且，那顆頭顱上飄散的黑長髮，讓我不禁想起鬼片裡的場景。不過鬼片再怎麼可怕，也比不上我現在親眼所見的恐懼！而且，雖然想要知道她的身分，卻沒有任何人敢把她的頭顱翻過來看，包括我在內！

「姊！」

「希麗察！」

小伊和娜帕跑過來找我。不過真奇怪，他們兩個人怎麼會一起過來呢？

「走了吧！不要看了！」娜帕試著抓住我的手說，不過我根本不理會她，反倒往那張有著一具無頭屍體的椅子跑過去。在那裡圍觀的人群比較多，我想可能是因為這個情況看起來比較沒那麼可怕。我試著去看繡在她制服上的名字，這一看就幾乎要讓我的心跳停了下來！

「糟了……」也看到那個名字的小伊說。我想我們都已經知道不幸身亡的學生是誰了！

娜帕用手掩蓋住臉，我和小伊則是看著彼此蒼白的臉孔。

「她是小莫那一群裡面的學生……」

「希麗察！要去哪裡啊？」小伊邊叫邊跟著我跑，想要抓住我的手，讓我停下來。

「我要去找小莫！今天我一定要把事情問個水落石出！」我說。

「這些事情跟妳有什麼關係嗎？」

我沒有回答他，而是往女生的化妝室跑過去，發現沒有任何人後，我又轉往其他地方。心想：現在還沒有下課，小莫不可能從校門跑出去，她現在一定還是躲在學校裡面！還是……會不會已經翻牆出去了？

想到這裡，我隨即停下腳步，轉頭去問：「小伊，你知道學校哪裡可以翻牆出去嗎？」

「男生廁所啊！」他一講完，我馬上往他所說的地方跑過去。

「喂！不要告訴我妳要進男生廁所喔！」小伊一邊說，一邊跟著我跑。他接著說：「妳突然跑進男生廁所，難道不怕老師罵妳？」

我不管！如果小莫可以進去，我也一定可以！

到了男生廁所外面，小伊突然抓住我的手，不讓我進去。

「喂！妳先冷靜！」小伊先嘗試讓我停下來，然後說：「為什麼妳對於找小莫這件事那麼認真？！我真的不懂！另外，這些都是她的事，跟妳一點關係也沒有，而且她也不是跟妳很熟的朋友，不是嗎？」

「小伊，你不覺得這件事有什麼奇怪的地方嗎？」我認真嚴肅地看著他說。

「我知道，不過這也是她們的事情啊！雖然最近發生了很多奇怪的事情，不過這跟妳一點關係都沒有，況且妳也不是她們那一群的啊！」

「啊！！」

突然從男生廁所裡傳來一聲慘叫，我和小伊馬上跑進去，只看到有位男學生邊叫邊往外跑。

「有人死在裡面！有人死在裡面！救命！！」

其實我根本不想管，不過還是得硬著頭皮去看。當我們轉到廁所後面，就看到洗手台對面的圍牆上，有雙腳垂了下來，附近沾滿了血跡。

「不……」

我幾乎不敢相信自己的眼睛，死者竟然又是小莫的朋友！她的身體被圍牆上的鐵柵欄刺穿過去，兩隻手則是掛在鐵柵欄上方的鐵絲上面，這鐵絲是用來避免學生翻牆出去的。

「到底是怎麼回事？為什麼我們班……」小伊說。

我馬上從男生廁所出去，心裡還在想為什麼小莫她們那一群人會一個個接連死去？應該是和一百個鬼魂的遊戲有關係吧！這到底是個怎樣的遊戲？！

小莫很有可能成為下一個死掉的人，所以我先去找她好了，看看有沒有辦法幫她，把她從死神手中搶回來！

我找了一會兒，就在學校門口發現小莫的蹤影，她正試著打開學校的鐵門出去。可能是因為發生太多意外，所以學校門口既沒有管理員也沒有老師，這應該是我可以和小莫好好談談的機會！

「小莫！妳要去哪裡？妳先留下來說清楚吧！」我叫住她。

「不！我不想跟妳講什麼了，妳要去哪裡死就去吧！」

我往前一步抓住她的領口，把她拉了過來說：「在妳還沒有跟我說明之前，我是不會讓妳去任何地方的！」

「妳放開我！我還不想死！」

「我也沒有要殺妳啊！」我嘗試好好跟她說明，不過她卻是一點都無法冷靜下來聽我講話，讓我幾乎想要動手打她，好讓她平靜一點。但是我終究忍住了，而且接著說：「妳先好好冷靜，只聽我講話就好，可以嗎？」

碰！

「放開我！！」

我們兩個人突然間都呆掉，因為完全沒想到學校門口的鐵門竟然會倒下來，瞬間往小莫身上壓了過去。當下，小莫把我往外推，想要自己承受鐵門，不過鐵門實在是太重了，她既跑不了也無法承受。最後，我只能眼睜睜看著鐵門倒下來，不偏不倚地壓在她頭上！

「小莫！」我大叫，同時馬上跑去想把鐵門抬起來，沒想到鐵門會這麼重，我不知該如何是好。血從她的額頭上慢慢地流了下來。

「妳忍耐一下！撐住……我來幫妳！！」

我邊說邊用力地想要把鐵門抬起來，不過我抬到幾乎要手軟，鐵門仍然是一點動靜也沒有。我嘗試著要大叫請別人幫忙，卻發現附近連一個人影都沒有。

這時小莫突然抓住我的腳踝，身體則是不停顫抖。當她抬頭要跟我講話的時候，我一看到她的臉，就嚇了一大跳！

「希……希……」她試著要跟我講話。這時我看到她滿臉是血，額頭則是因為強大的撞擊力而凹陷下去。

「幫幫我……幫幫我們！！」

我叫得很大聲，希望會有人聽到我的聲音而跑來，進而發現有人正被壓在鐵門下方。

「希……對不起……」

「她還沒有死……她還沒有死……趕快救救她……」我講完之後，忍不住掩面哽咽。

小莫則是用她都是血的手抓著我的手腕。

「希……我……對……不起……」

「妳先不用說話，妳一定不會死的！等一下就會有人過來救妳了，我去找人！妳再忍耐一下！」我對她說。

「遊……戲……」

現在的我，不想看到她這樣，也不想聽她說這些，更不希望自己的朋友就這樣死去！

「把……錢幣……拿……去……丟掉……」

「什麼？」我說，現在她的臉看起來越來越可怕。

「……錢幣……會……會……吸引……鬼魂……」

「希麗察！！」

我似乎聽到小伊大叫的聲音，不過那個時候我的耳朵怪怪的，聽不太清楚。我暫時不想理會它，又嘗試把鐵門拉起來一次。我邊拉邊哭，同時也大聲喊叫，看起來就像發瘋了，生氣自己為什麼一點忙都幫不上呢？！

我一直拉一直拉，拉到手都已經變紅且出現傷口，還不罷休。那時我根本不知道小莫已經離開，還是等到小伊把我拉離開，我才冷靜下來。

最後，我又失去一位朋友了，不過我還是不知道一百個鬼魂遊戲究竟是怎樣的一個遊戲？！

聽說瀕死的人，在他們的腦海之中，會不斷播放著生前的每一段影像片段。而這些影像片段是自從他們有記憶開始，直到死亡之前的集合，包括了好的事情與壞的事情。而這個部分將會影響他們要去天堂還是地獄，如果看到大部分都是好的片段，就表示可以上天堂；不過如果大部分是壞的片段，可能就表示要下地獄了。

走回家時，腦海中不斷浮現過去的事，這表示我快接近死亡了嗎？

到家之後，家裡一個人都沒有，我想媽媽應該是和平常一樣，一大早就出門，晚上才會回來。我打算先回到房間，把日記拿出來讀，想要知道關於最近發生的奇怪事情，究竟是從什麼時候開始的！另外，我也想知道為什麼我會跟一百個鬼魂的遊戲扯上關係！

看了之後我才發現，當小莫她們開始玩一百個鬼魂遊戲的時候，我壓根還沒有遇到任何奇怪的事。直到有一天，感覺到有人在我耳朵旁邊吹氣，自從那天起，就不斷遇到奇怪的事情。

所以是從那個時候開始……是從那個時候開始發生沒錯……

小莫死掉之前……她提到什麼事情呢？

我完全想不起來，因為當時狀況實在太混亂了，以致於我對於她所說的話一點印象都沒有！

「希麗察！！」

是小伊邊叫邊敲門的聲音，沒想到他還跟著我跑回家。

「有人在嗎？」

我現在是困惑？或是發瘋？抑或是……

我只能想到自己一定會跟著小莫她們的腳步死去。但是到底會怎麼死呢？

不過到底為什麼要我死？

我拿起一把刀子，就朝手腕割了下去！

不！我不會讓人來殺我的……如果要死，我一定要自己死……

我坐在床上，血則是慢慢地從手上流了下來，另外一隻手則是緊緊地抱著日記本……

最後一頁是我和娜帕的照片……這時在床沿末端，有和先前一樣的老婆婆站在那裡看著我。頭很暈，眼前那位老婆婆的影像看起來有點模糊，而且她一下子站在床沿，一下子又站在床旁。最後，她用布滿皺紋的手，用力握住了我的手腕。

接著就給我一個微笑，原本令人害怕的眼神，反而變得一點都不恐怖了。

我開始慢慢失去知覺，沒有感覺到自己正坐在床上，也沒有感覺手裡正拿著日記本，更沒有感覺到手腕傷口的痛楚。其實，手上的傷口已經很嚴重，幾乎快要見骨了。

老婆婆再次握住我的手，然後慢慢放開，最後消失不見。

究竟我現在是快要死了？還是已經死了？奇怪的是，過往的記憶並沒有在腦海中一一出現，取而代之的是從來沒有發生過的場景。

「死小孩！壞小孩！妳要對我的孩子做什麼？！」

我不知道那位正在怒罵的女人是誰……也不知道被推倒在地板上的人是誰……為什麼我會看到這些事情？

還是我正在作夢呢？

「出去！！」

這時我看到那位像被趕狗似的小女孩的眼神，從眼神中散發出極度生氣的感覺，從來沒有看過小孩有那麼生氣的表情。

而且她的眼神……很像我的眼神。

「有一天……有一天……」

所有的事情慢慢地出現在我的腦海之中。不是我小時候的事情，也不是關於我和娜帕的故事，更不是我在學校的故事，而是上一輩子的那個我的事！當時我的身體有點缺陷，看起來髒髒的，就像是路邊沒人要的小孩。因此，從那時起，我就沒有再得過來自媽媽的關愛……

我又回來坐在同樣的地方，手上拿著一樣的日記本，唯一不同的就是現在的感覺。

我已經死了。

我的手……正常，沒有血，也沒有任何傷口。可是眼前的世界看起來卻是沒有顏色。

我感到疑惑的是關於記憶，因為在腦海中，除了這輩子的記憶，還多了上一輩子的記憶。因為這樣，讓我很想報復上輩子對我不好的那些人！

那些人包括我的媽媽……

還有搶了原本屬於我的母愛的小女孩。這個小女孩出生之後，生活一直很美滿，充滿了幸福。最後由於她媽媽傳染給她的病，使她活不了多久也離開人間。

總之，從這時起我知道，我一定會報復她們，一定要讓她們知道被人傷害的痛苦！

我不知道已經死的人，會不會像我這樣回來看著別人替我舉辦葬禮？不過就我而言，看到一動也不動的自己躺在棺材裡，再加上娜帕的啜泣聲，也是感到滿奇怪的。

回到自殺時的場景。那個時候小伊跑過來找我，就已經看到我躺在床上，於是他把我抱了起來，同時不斷地尋找身上的手機。這時娜帕剛好回到家，見到了這個情況，衝過來抱住我，就忍不住地放聲大哭。

其實對我來說，唯一擔心的人就是娜帕。現在的我很想過去抱著她，告訴她我還在她身邊，而且一定會永遠照顧她！我也想當面跟她道歉，請她原諒姊姊做了這件蠢事。

舉辦葬禮之前，娜帕在我的房間幫忙整理東西，就發現了我的錢包。這個時候，我才想起來我還沒有把小莫的錢幣還給她。我把那枚錢幣放在錢包的暗層裡，所以娜帕可能認為那對我來說是很重要的東西，因此保留了那枚錢幣，直到我的身體即將被火化，才把它放在我的手掌心，同時她也不斷地哭泣。

那個時候，我還不知道錢幣就是害死我的元凶。過了很久，我才真正了解一百個鬼魂遊戲到底是個怎麼樣的遊戲。另外，我也回家現身嚇媽媽，不過僅限於此，畢竟在這輩子，她還是生我養我的媽媽。最後，有時候我會覺得娜帕似乎可以看到我，不過事實並非如此，她只是會進來我的房間，看著我的東西一直哭，有時則是會對著我的相片講話。

所以當我坐在她旁邊的時候，就會常常聽到她希望我回來的聲音。

此外，我還想到出現在上輩子記憶中的小女孩。無論我現在怎麼找她，還是找不到，我想應該是我對她的事情一無所知吧！直到有一天，我遇到了一個人。

他對我的事情瞭若指掌，還告訴我可以到什麼地方找她，也親自帶我去那裡……回到我之前就讀的學校……為此，我承諾做一件事情來做為條件的交換！

這件事情就是我一定得遵從他的命令，就像我是他的奴隸。另外，我也看到一百個鬼魂彼此相黏在一起，就像一條人鏈，後來才知道它們都是因為玩一百個鬼魂的遊戲而死，說不定小波和小莫她們也黏在這一條長長的人鏈當中！幸好對我來說，因為我沒有玩這個遊戲，所以不用成為這條恐怖人鏈的一份子。

他是一個很可怕的男人，具有相當大的力量。雖然我知道他是一百個鬼魂遊戲的主人，也是害死我的凶手之一，不過我完全不敢違背他的命令！

我只能說服自己，反正死都死了，就不要想太多。

於是我決定聽從他的指揮，過了不久，就遇到那個女孩。

她的名字叫作小珠。

這時我反而非常感謝他，讓我可以找到這個女孩。

儘管到這個時候，我還是不知道那個男人是誰，也不知道他叫什麼名字。不過我知道，現在他是我的主人，也是這個遊戲的創造者。

而他就稱這個遊戲為「一百個鬼魂的遊戲」！

故事 2

老師的年輕時光

「有許多人說老師擁有特別的超能力，那為什麼不好好運用它呢？這樣吧，就請老師猜猜我做了什麼事情？！」

「我知道所有的事情喔，納帕崗！」

老師在我面前站起來，我面前的他，顯得相當巨大，而我則是更顯渺小。

「我可是知道所有的事情喔！」他又重複說了一次。

從他第一天來為我們上課，我就開始討厭他。其實他長得不錯，穿著與聲音也很好，但我並不是討厭這些。

我討厭的是他的「超能力」。

「在大城的年代，大部分人的收入都是來自於農業、簡單貿易與買賣手工製作的東西……」

當他開始來這裡教書，才剛開學沒多久，就成為學生之間熱門的話題。

「……跟我們泰國擁有最大貿易關係的國家，就是中國……」

我不管這個男人有什麼特殊能力，反正我一點也不想知道。

我把自己對於他的厭惡放在心裡，只透過眼神表現出來。

「……你們有人可以告訴我，和中國進行貿易往來會有什麼好處嗎？」

教室裡的學生鴉雀無聲。

「納帕崗！」

我嚇了一跳，然後馬上站起來。

「請告訴我一兩個與中國進行貿易的好處吧！」

這時我不禁咬牙切齒，心裡不斷地咒罵這個男人！

「我不知道，坤庫老師！」

我對這件事情相當反感，從來就不喜歡，而且對這些事情一點興趣也沒有。另外，我也打從心底討厭喜歡這些事的每一個人，連我自己也不知道為什麼！

我把這樣的厭惡當作個人的祕密，不過當這個男人來學校的第一天，他就對大家說了一些關於靈異的事情，讓大家感到相當害怕。

這就是靈異體質。

「喂！納帕崗，今天去踢足球吧！」

我把東西放進書包，一邊準備要走出教室，一邊回答：「呃，好啊。」

「納帕崗！」

有個聲音叫住我，這個像是來自遠方的聲音，把我從深層記憶中喚醒。

「納帕崗……」

「喂！你怎麼了？」

我抬頭回答：「呃，我在想是不是忘了什麼。」

「快一點吧！等一下場地就被人搶走了！」

雖然我跟著朋友一起快跑，不過仍然聽得到叫我的聲音。

我習慣這樣的情況了，不過這個瘋狂的聲音……感覺一直跟著我走，陰魂不散！

有個人正在叫我！

「喂！送過來！」

當我接到朋友的傳球，直接盤球往球門前進，不過才一下子就被小納搶走，而我則是跌倒在地。

「媽的！！」

我馬上站起來，卻突然腳軟，又再跌倒了一次。這次我發現腳流血了！

「喂！納帕崗流血了！」其中一位朋友大叫，全部人都跑過來這裡。

我揮揮手說：「不用擔心！待會我清洗一下傷口就好了，你們繼續玩吧！」

說完後我就站起來，一跛一跛地往男生廁所走去。

這時我流血的傷口感覺很刺痛，不過我心想，明明是跌倒在沙地上，怎麼會有這樣的傷口呢？

我先用水把傷口上的沙子和血洗掉，不久血不再流了，剩下的則是一道長長的白色痕跡。

我用手摸摸傷口，感覺相當熟悉，好像曾經看過。不過現在那傷口並沒有裂開，也看不出剛剛流過血。

「納帕崗！」

又是這個聲音！

「納帕崗！」

我想問到底叫我的人是誰？但想還是不要問好了！我馬上用水洗洗臉，然後馬上離開，我不想再聽到那個聲音了！

「你是納帕崗嗎？」
我點點頭。
「聽說你家離學校很近，平常你是坐車或走路來學校呢？」
「我走路來。」
「嗯……你的監護人是你的爸爸嗎？」
我點頭，看著眼前這個男人把手上的紙條翻來翻去。
「這個星期五我去你家拜訪好不好？」
我看著他的眼睛，然後把頭轉過去，因為我很不喜歡他的眼神。
「納帕崗！」
「是的！」
「這個星期五我可不可以去你家拜訪？請不要忘記告訴你的監護人一聲！」
我沒有回答任何話，就從老師休息室離開，這時有另外一位學生從我身旁走進去，然後開始跟那個男人對話。

「我好像遇到鬼了，老師……」

「呵！」我心裡感覺很好笑，沒想到這個學校的學生開始變得怪怪的了！

「喂！納帕崗，今天我要去你家玩喔！」星期五下課後，巴特對我說。

「呃，可能不行，今天老師要去我家拜訪。」我回答。

「我沒聽錯吧！你要讓老師去你家嗎？你怎麼可能讓老師去你家呢？難道不怕老師告訴你爸爸你常常缺課，而且幾乎快要失去考試資格了嗎？」另一個朋友察克說。

我笑嘻嘻地說：「拜託！他不敢啦！新老師就是這樣，不敢做什麼的！」

「不管，我還是要去你家。」巴特拍拍我的肩膀說。

「喂！我也要去！」

結果全部的朋友都跟著我回家。同一天，那個男人也如期來我家拜訪。

我家是一棟一層樓建築，進門首先來到的就是客廳。爸爸還沒回家，媽媽應該是在廚房，所以我先帶朋友到房間去，然後大聲地說：
「我回來了！」
沒有任何聲音，於是我把門關了起來。
「現在我們要玩什麼呢？」
巴特和察克把放在電視旁邊的一片遊戲片拿出來，這是我們最喜歡的遊戲，叫作「魂斗羅」。當我們開始玩不久，就聽到門鈴聲，我走到窗戶旁邊拉開窗簾往外看。
「來了！」我對朋友說，同時也請他們轉頭去看窗外。有個男人站在我家圍牆外，他長得高高的，頭髮則是亂亂的，看起來一點都不像個老師。
「喂！我們不必幫他開門，讓他站著那裡等就好了。」察克建議地說。
我完全同意察克的看法，所以我們繼續玩遊戲，而且把聲音開得很大，想要掩蓋過門鈴的聲音。另外，我也希望媽媽沒有聽到門鈴聲。
過一會兒，我走出房間，打開冰箱拿出冰水喝，這時我透過窗戶，看到那個男人依舊站在外面。

「真討厭！」我小聲地說，巴特則是轉頭看著我。

「要不要出去打他？」他問我。

「不要吧！如果真的打他，我們就要倒大楣了！而且他才剛來學校，就對他好一點吧！」我說，口氣略帶點戲謔。

「拜託！你不是常常在學校和其他學生打架嗎？而且老師拿你一點都沒轍！」察克笑著說。

「你也幫幫忙，他可是老師耶！打他會出問題的！」

時間一分一秒地過去，眼看已經是晚上六點，我想他現在八成離開了吧！這時突然聽到爸爸回來的聲音，還要我出去外面找他。

「納帕崗，過來這裡！」

當我打開房門出去，著實嚇了一大跳。

因為我看到他和爸爸站在一起，還給我一個微笑，感覺他佔上風似地。

我真的很討厭他！

巴特與察克都回去了，我也不知道那個男人到底跟爸爸講了什麼，因為自始至終我都躲在房裡，直到他離開後，我才走出房間，走進廚房裡。

「媽！」我叫。這時我看到媽媽正在洗碗盤，然後轉頭過來看我。於是我接著說：「剛剛老師又來家裡了，您是否聽到爸爸和他的對話呢？」

媽媽給了我一個微笑，接著搖頭說：「我怎麼會知道呢？我一直都待在後面啊！」

我走到媽媽旁邊，然後說：「我真的很討厭這個老師。他一來我們班，就想管我的事，似乎想在大家面前表現他是位很棒的老師。」

「你為什麼會這麼想呢？」

「老師不都是這樣子嗎？在學生面前，感覺對學生很好，背地裡則是不斷罵學生！」

媽媽笑嘻嘻地說：「是嗎？」

「真的啦！」

「我想是因為你不乖吧！」

這時爸爸走進廚房，叫住我說：「納帕崗！過來一下，我有話要跟你說。」

聽到爸爸的話，我馬上站起來，從廚房裡走出去說：「我先去寫功課了！」

隔天早上來到學校後，當我正要走過去找朋友，剛好遇到那個男人，真是倒楣透了！我假裝沒有看見他，當然也沒有跟他打招呼，打算安安靜靜地從他旁邊走過。不過這時他突然把我叫住。

「納帕崗！昨天我去你家拜訪，為什麼沒有人出來幫我開門呢？」

我聳聳肩說：「我不知道，我正在玩遊戲！」

「其他家人呢？」

「媽媽應該在廚房裡，不過她可能也不想跟老師講話吧！」

「算了！你下課後過來找我吧！我要跟你討論一下關於你上課時數不足的問題。」

我點頭，不過自己卻小聲地說：「如果我有空的話！」

我馬上離開這裡，心想今天真是倒楣，一大早就遇到這個討厭的男人，我想今天我一定都會很憂鬱！我邊想邊走到朋友坐的木頭桌子旁邊，把我的東西放在桌上。看到大家正高興地聊天，當我想坐下來參與的時候，手卻不小心被桌子突出的鐵釘給劃出一道傷口！

「唉唷！」我大叫，感覺嚇了一大跳，就看到有血從我的手上流了出來。

「為什麼你最近那麼倒楣啊？」

「應該是因為他一大早就遇到那個男人吧！」另外一個朋友開玩笑地說。

「喂！你不用想太多啦！我知道你最近的感受！」巴特拍拍我的肩膀說。

我疑惑地問：「什麼？你說的是什麼事啊？」

「好啦！算了！我知道你根本不想提這件事。呃，不過為什麼你會流那麼多血啊？我想應該是剛好碰到原本的傷口吧！先不管了，你趕快去沖洗一下吧！如果發炎就糟糕了！」察克說。

我完全聽不懂他們在說什麼，到底他們說我不想提的是哪一件事？另外，關於他們提到的舊傷口，難道是指那天踢足球所留下的嗎？不過那時的傷口與這次的明明是在不同部位啊！

我走進化妝室，仔細清洗傷口，心裡仍然很納悶。

奇怪的是，當我洗完之後，原本小小的傷口看起來竟然變得比較大，像是快要痊癒，還有一點皮膚脫落的現象。

「咦？我有劃到那麼大一片嗎？」我對自己說，心想只是被釘子劃到，為什麼傷口會這樣大片呢？

「納帕崗……」

那個聲音又出現了。

「納帕崗……」

我轉頭左右看了一下，並沒有看到任何人在旁邊。

「納帕崗……」

我覺得一定是有人正在開我玩笑！不過這個聲音到底是從哪裡來？為什麼我會一直不斷地聽到？另外，我也不清楚這個聲音是什麼時候出現的，只知道在我的生活之中，它就突然……發生了！

「很多老師說你常常不來上課，你該不會已經養成習慣了吧？」

我點頭，心裡也想：然後呢？

「為什麼你不來上課？有什麼問題嗎？」那個男人盯著我的臉說話，眼神看起來就像利刃，幾乎要插進我的眼睛。

「我就是不想上！」我毫不在意地回答。

「真的沒有其他原因嗎？」

「你怎麼會這麼囉嗦，我不是說了我就是不想上課嗎？」我用力拍了眼前的桌子，發出的聲響連另外一個老師都轉過頭來看。不過他倒是一點都沒有被嚇到，反倒開始注意起我手上的傷口。

「這是發生了什麼事？」他指著傷口問。

「這是我的事情！」我一邊說一邊把手給收回來，做出雙手抱胸的姿勢。

「納帕崗！我再問一次，你發生了什麼事？」

「拜託！為什麼你那麼囉嗦啊？還有很多學生也不來上課啊！為什麼你不管他們？」

「到底發生了什麼事？」這次他的口氣變重了許多，讓我覺得是在跟爸爸講話。

「被釘子劃到！」我回答。

「哪裡的釘子？」

「教室裡的桌子旁！」我說，但心裡則是很納悶，為什麼他要問這些事情？

「只是被釘子劃到，傷口會有那麼深嗎？」

「我怎麼會知道？如果你想知道，怎麼不自己被釘子劃一下試試看？」我用嘲笑的口氣說。

這時他看著我，似乎對我說的話不太相信。

「拜託！難道你覺得我是和其他學生打架嗎？」

「你真的做過嗎？」

我站起來，把椅子推到後面，然後說：「這不關你的事，不用管我！」

「喂！有禮貌一點，他可是你的老師！」另外一位老師走過來對我說。

「沒有關係。」那個男人對剛剛講話的女老師說。拜託！這個男人也太虛偽了！

「許多人說老師擁有特別的超能力，那為什麼不好好運用它呢？這樣吧，就請老師猜猜看我做了什麼事？」

「我知道所有的事情喔！納帕崗！」老師在我面前站起來，在我面前的他，顯得相當巨大；而我則顯得渺小。

「我可是知道所有事情喔！」他又重複了一次。

「拜託！你說你知道所有的事情，就請你告訴我現在有誰跟著我？」我說，試著挑戰他的話。

我剛好可以用這次機會來測試他，我想知道那個男人會不會知道我總是聽得見奇怪的聲音。而他的答案卻讓我感到相當驚訝！

「你真的沒有看到嗎？納帕崗！你真的不知道是誰跟著你嗎？」他回問我。

「你說什麼？」

我慢慢地往後退了幾步，默默感覺真的有什麼東西正看著我。這時我斜眼看到在我的旁邊，隱約有個女人正彎腰看著我！

「納帕崗！」

碰！

我往後退了好幾步，直到撞到後面的桌子。這次我嚇了一跳，不禁流下汗來，因為我又聽到了常常叫我的聲音。不過，當我真正轉過頭去看的時候，卻沒有看到任何人站在那裡。

那個男人坐在椅子上，嘆氣地說：

「你還記得嗎？你曾經遇過什麼意外？」

我驚魂未定地說：「什麼？」

「我問你曾經遇過什麼意外嗎？」

我點點頭說：「有！先前遇過車子翻覆的意外！」

「那個時候發生了什麼事？」

我從手掌往上看到了手臂，先前被釘子劃到的傷口還清晰可見；至於之前踢足球所留下的傷口，還是隱隱作痛。

「我……」

那個時候發生了什麼事呢？

那個時候……

我記得那天是星期六，我們從位於另一座城市的親戚家出發，正準備開車回家。當時我們開車在一條道路上，兩邊是一整片的稻田。

當我們進入一個彎道時，有輛大卡車疑似失速，很快地朝我們這個方向衝了過來……

不……不是……

我跳過了什麼事情呢？

這時那個男人拿起一本筆記本，接著翻到他想找的那一頁，就一直看著上面的內容。

這時的我則是不斷地盯著他看。

「納帕崗！你應該要張開眼睛了吧！」

「張開眼睛？他應該已經發瘋了吧！」察克在聽完我說今天所發生的事情之後，邊笑邊說。

「我也這麼覺得。」我同意他的想法，儘管我感到有點奇怪。
「咦？時間到了嗎？」
「什麼時間啊？」
「嗯？好啦好啦！不要再想這件事了！」察克看著我的臉說。
我真的不懂他們的意思，於是我反問：「你們到底在講什麼？從早上就開始講些奇怪的話！」
「呃，就是你媽媽已經過世的事啊！」

我不相信，不相信，不相信，一點都不相信！

這不是真的，我媽媽還在家裡，她還活得好好的，根本沒發生什麼事。
他們應該是在跟我開玩笑吧！不過這個玩笑也開得太過頭了！
我完全不相信，因為我媽媽還很好。

於是我馬上跑回家，打開門進去找我媽。
「媽！媽！」
我看到媽媽從廚房裡走出來，確認媽媽還在，她沒有過世。
所以很高興地想要過去抱她，卻只抱到了一團空氣。
媽媽不見了！
「啊！怎麼了？」我跪了下去，嘗試去看廚房的每個角落，卻完全沒看到任何人影。
「不……不……不！！」我不相信，這怎麼可能！我每天都跟媽媽講話，也每天都看到媽媽，為什麼？！

「納帕崗！你應該要張開眼睛了吧！」

「不！不！」
我從家裡跑出去，根本不想相信這件事情！我覺得一定是大家在開我玩笑，但為什麼大家要跟我開那麼重的玩笑呢？就連媽媽也是這樣，怎麼會跟他們一起合作來騙我呢？

「喂！納帕崗在那裡！」

巴特和察克看到我了，不過我試著逃離他們，因為我完全不想再聽到他們開我玩笑。

從現在開始，我再也不跟他們講話了。他們跟我開這樣的玩笑，一點都不配當我的朋友！

因為我媽媽明明還沒死！

「納帕崗……」

我媽媽還沒死！我媽媽還沒死！我媽媽還沒死！我媽媽還沒死！

「你就放下吧……這並不是你的錯，也不是任何人的錯！」

我頓了一下，突然想到一件事。

翻車前的事情我都記不得了，但是我記得在意外發生後，當我睜開眼睛時，人是躺在醫院裡面的。那時我記得爸爸走過來跟我講話，但奇怪的是，他身上並沒有什麼嚴重的傷口，只有輕微的擦傷。至於我則是嚴重受傷，傷痕直到現在都還清晰可見。

爸爸跟我講話。

「你就放下吧……」他說。

難道在我的手和腳上，原本就已經有傷口了嗎？而且因為傷口的癒合度不夠，後來不小心再碰到的時候，傷口再次裂開！

現在我仔細看著傷口，心想過去都沒有注意到這些傷口本來就存在，而且不僅是手腳，就連其他部分也都有。特別是大腿上的傷口，看起來是粉紅色的，還明顯有被縫合過的痕跡。

這些傷口難道就是那天翻車意外所造成的嗎？

那媽媽呢？

我慢慢用力回想事情發生的經過。

我們去參加親戚的新居落成典禮。結束之後，在開車回家的路上，坐在車子後座的我突然看到有個女生站在路邊。

我馬上指給爸爸媽媽看，當大家轉頭過去的時候，有輛大卡車很快地朝我們衝了過來。緊急情況下，爸爸把方向盤往反方向轉過去，卻剛好轉到那個女生站著的方向，車子最後翻到下方的稻田裡。

那時我還有意識，但全身是麻痺的……我可以睜開眼睛看，身體卻無法移動，而且心裡還很驚恐。這時我看著車子裡面的情況，全部的玻璃都破掉了，感覺還有什麼東西卡在身上，我猜應該是碎玻璃插在我的手腳上吧！接著再轉頭去看前面，只看到爸爸坐在駕駛座上，但是頭倒向右邊，有血不斷地從他頭上滴下來。我嘗試要叫醒爸爸，同時也看看坐在前座的媽媽。

「爸……媽……」

為什麼會發生這樣的事情呢？

為什麼？

我嘗試叫醒媽媽，想知道她現在怎麼樣。

不過我無法移動身體，不久，就聽到喇叭聲，緊接著有人用手電筒照進車子裡。

有個男生蹲下來，隔著車窗叫我：

「喂！小弟弟！再加油一下，救護車馬上來了！」

接著我聽到越來越多人講話的聲音，其中兩、三個男生試圖把車門撬開，希望可以把我們三個人拉出車外。不過，後來他們只能夠打開爸爸那側的車門；而我和媽媽這側的車門似乎被什麼東西壓住，完全沒辦法打開。

「先把駕駛座的男生救出來，他的情況還好，還有呼吸！」兩個男生邊說邊把爸爸拉出去，整個過程我都看在眼裡。不過我感到身體很麻，幾乎沒力了，終於有個男生破壞車門，應該是要先帶媽媽出去。但是當他看到媽媽的情況時臉色一沉，隨即皺起眉頭，似乎看到什麼。

這時我心灰意冷了。

「媽……媽……」我叫著她。

那個男生先離開車子到外面去，我就聽到他跟外面的人說：「先救後座的小孩子出來吧！」

於是他再次進到車子裡，試著把我拉出去，卻沒有辦法移動我。他改從裡面用腳把門踢開，好讓外面的人能夠把我拉出去，那個時候，我感到相當疼痛。最後當我整個人被救出車外時，我回頭看了一眼車子，看到媽媽依舊躺在裡面。

媽媽整個身體都是血，身上原本白色的衣服，完全被血給染成紅色了。媽媽的腿上插滿了碎玻璃，最糟糕的是她的臉……媽媽的臉……

我很想放聲大哭，卻哭不出來；我很想放聲大叫，卻也叫不出來；我更想跑過去找媽媽，但是我的身體一點力氣也沒有。

接著我就暈了過去。

「嗚……」

「納帕崗……」

一抬頭，就看到巴特與察克走過來，走在他們後面的，就是我最討厭的人。

當他快走到我這邊的時候。

我馬上站起來說：

「不要管我！」

他一點都不理會我的話，仍然朝我走過來。我舉起拳頭，已經不管在我面前的是老師或是誰。我往前出拳，卻被他緊緊地抓住手。

「放開我！！我討厭你！！都是你，才害我變成這樣！！」

「納帕崗！他是你的老師啊！」巴特走過來擋住我說，不過那個男人則是舉手示意要巴特先不用管。

「我討厭你！我討厭你！我討厭你！」

「你的爸爸告訴我全部經過了。」

「……」

「沒想到你也會看到，表示你和我滿像的，都有這方面的特殊能力！」

「不……我跟你完全不一樣，我不是怪物！」

「你怎麼會這麼想呢？為什麼要認為是因為你有靈異體質，才會害死你媽媽？」

「放開我！」

他真的放開我的手，讓我失去平衡地跌落到地板上，此時的我不斷喘息。

「納帕崗……如果你願意張開你心裡的眼睛，一定可以了解很多事情！而且你也應該接受這樣的情況！」

他說的是什麼意思？我不了解，也一點都不想了解。

我從小就注意到自己可以聽到或看到怪怪的東西，但並沒有發現別人跟我不一樣。

我真的不懂！

「我這樣的能力……害死了我的媽媽……」我最終還是說出來，接受這樣的事實。但是之前我嘗試著把這個能力隱藏起來，特別是當翻車意外發生之後，我就變得很討厭這樣的能力，而且打從心裡想要把它忘記。因此，從那天開始，我就再也沒有看過奇怪的東西。

其實這個情況是在欺騙自己。

我在醫院醒過來後，爸爸就告訴我媽媽過世的消息，死因是失血過多。

會發生這件事，都是因為看到那個站在路旁的女鬼，爸爸才無法好好控制車子，然後在大卡車的衝擊之下，發生了翻車意外。

但是我真的沒有辦法接受這樣的事實，因為媽媽對我來說實在是太重要了，如果失去媽媽，我真的沒有辦法繼續活著！

因此，我一直想像媽媽還在，把爸爸在醫院告訴我的事情都忘記，騙自己媽媽還是跟我們生活在一起。

其實爸爸知道我這樣，但是每一次當他提到這件事情，我都會逃離，心想爸爸是想要騙我。

其實媽媽還在，我只願意記住一件事，那就是媽媽還在！連我特殊的靈異體質，我也全都忘記了。

但是大家並沒有像我一樣把這件事情都忘記。

「納帕崗！你張開眼睛吧……」

「我的眼睛是張開著的啊！」

「不！你仔細看好，其實跟著你的那個聲音並不是鬼魂……」坐在我對面的男人，對我微笑地說……

我抬頭看向老師後面……是一位穿著白衣服的女人，給了我一個我相當習慣的微笑。

「媽！」

媽媽真的沒有去哪裡，她一直都在我的身邊。

「納帕崗……記得媽媽嗎？我嘗試著叫你很多次了，也試著要讓你想起來意外時到底發生了什麼事。你後來受傷的傷口，都是媽媽想讓你恢復記憶才導致的，媽媽真的很對不起你！」

「媽……媽……」我嘗試站起來看著媽媽，眼眶裡充滿淚水，已經讓我無法看清楚眼前的情況。

「納帕崗！之後你一定要乖乖的，不要讓別人擔心……也不要再自責，不要再認為是你害死我的，要不然我會很傷心！」

我忍不住哭了出來，然後說：「……好的……」

「很好……」媽媽給了我一個微笑，然後張開雙手，嘗試要抱我：「從現在起……媽媽要安息了……」

「……媽！我真的很想妳……」

「媽也很想你！」

當媽媽講完這句話，她的靈魂就慢慢消失不見，只留下溫柔的聲音說：

「媽很愛你！」

其實我騙自己很久了，之前一直認為是因為靈異體質，才會害媽媽不幸過世。終於，我接受了，才能夠讓我再一次看到媽媽。更沒想到本來我最討厭的事情，最後竟然會變成度過難關的助力。

「嗯！很好！你已經做回真正的自己了！」那個男人站起來對著我說。

我點點頭說：「是的，老師！之前我真的感到很抱歉！」

「耶！我們的好朋友又回來了！」察克興奮地跑過來抱著我說，同時用力地拍了一下我的肩膀，巴特也跑過來抱著我，害我們三個人都差點跌倒。

我轉頭去看坤庫老師，現在對我來說，他是我生命中很重要的一個人。

「老師！你怎麼讓自己接受這樣的靈異體質呢？」我離開朋友，走過來請教老師。

老師很認真地對著我說：「嗯……我還是覺得，當我們看到別人遇到跟自己相同的情況時，就會自動接受這樣的情況。其實小時候，也對這樣的事情感到納悶，碰巧爸爸也跟我一樣，所以他比較能了解我的感受。最後，我也理解到有這種能力的人，生活一定不平靜，會持續遇到奇怪的事，不過這也沒辦法，只能讓自己學會接受。」

講完，老師對我揮揮手，說：「我先走了，還有很多功課要批改，你們乖乖地回家去吧！」

「是的！老師！」我們三個人異口同聲地回答。

我們看著老師，直到他的背影消失在眼前。最後，我心裡不禁想：都是因為老師，才能讓我有接下來的新人生！

當一位女老師看到坤庫老師手裡拿著許多用塑膠袋裝好的菜餚，往學校門口走去的時候，她不禁好奇地問：「咦？你準備那麼多吃的東西是要去哪裡啊？坤庫！」

「我要去拜拜！聽說廟裡來了新和尚，我想過去看看是不是認識的人。」坤庫老師回答。

「和尚？會不會我們學校的學生啊？」那一位女老師回問。

「我覺得應該是吧！」

故事3

真相

「為什麼不搬走呢？或是蓋神龕也可以啊！都應該會比現在還要好吧！」我說。

「這裡的主人已經請專業人士看過了，但是因為這裡的保護神實在太強，就連請和尚來唸經都沒有辦法解決。」

「那妳知道關於守護神的事情嗎？」

小P把炸雞塞進我的嘴巴，然後回答：「沒有人知道，而且也沒有人想知道，就不要再問了吧！」

「很奇怪，不過這可是真實發生過的事。在一所學校裡面，有十幾位學生因為莫名的原因離奇死亡。從警察的調查報告顯示，他們不是意外就是自殺身亡。據了解，真正的原因，是因為一個來自地獄的遊戲，它已經在這所學校裡蔓延開了……提到這間國立學校，才沒幾個月就已經死了十幾個人，雖然看起來像意外，不過當有位記者到那間學校採訪關於這個地獄遊戲之後，真正的事實才慢慢浮現。根據採訪記者表示，有位學生說幾個月前學校就開始出現關於一百個鬼魂遊戲的傳言，而且只有一位老師知道這個遊戲的詳細情形……『關於這個遊戲的細節我並不知道，我只知道這是個要用生命當作賭注的遊戲，然後一定要找到鬼魂。而且如果輸掉這個遊戲，就非死不可！』……」

我接連看了好幾則從報紙上剪下來的新聞報導，都有關於這個遊戲的新聞。其中一家報紙報導了一位學生神祕失蹤的消息；另一家報紙則是報導了學生被車撞死的新聞，甚至還有報紙刊登了學生被捷運輾斃的照片。

這些新聞都是我小心翼翼地從報紙上剪下來的……不是……是有人幫我剪下來的。在這裡沒有人要借我剪刀，大家都對我很不好，還好有一位好心的女生表示願意幫我把這些新聞剪下來，後來她也真的幫我，還把那些剪報貼在牆上的布告欄。

我躺在床上，看著一張張新聞照片，最後下了一個結論：這些照片肯定都跟那個遊戲有所關聯！

其實我追這個遊戲已經很久，久到自己都忘記這個事件是從哪裡來的，也忘了這個遊戲是從哪裡來的。

但是我記得很清楚……那一天……我也玩了這個遊戲……

我從出版社大樓走出來。回想這忙碌的一天，有時除了要一手打字，一手接電話，還有許多人陸續把資料夾往我桌上丟，要我幫忙處理，讓我今天簡直是累壞了。

上述這些都是我每天的例行公事，下班後，我還得先坐公車到捷運站，轉搭捷運到華藍蓬站，再從華藍蓬站搭公車回家。

日復一日都是如此，沒有什麼變化。

當我回到居住的舊大樓之後，先洗澡換衣服，打開一罐汽水，繼續今天未完成的工作。對我來說，把工作帶回家已經是稀鬆平常的事，而且這些都是很普通、沒有人想做的工作，不過我倒是對它們很有興趣，所以乾脆把這些作為額外的工作內容。至於為什麼沒有人想做？我想可能是因為這些都是一些神祕的事情，而且很難用科學去證明吧！

簡單來說，我的工作就是蒐集關於這些神祕事件的資料，提供給主管作為專欄的題材，不過必須是會讓讀者感興趣的主題才行。

我正專注在一個關於遊戲的傳言，而這個遊戲在一所國中校園裡相當有名。

這到底是什麼樣的遊戲呢？這個遊戲規定得在二十一天內找到一百個鬼魂，要不然就會死……而且真的已經有人因此死去。但是每一個死亡的案子，都被警察以意外身亡結案，卻也無法真正證明是意外。總而言之，就是有個人跌落捷運軌道被列車輾斃；有個人從大樓高處墜樓身亡；還有個人被車撞到不見蹤影！

根據我蒐集調查的結果，這個遊戲的起源必須追溯到二十年前。這個遊戲已經存在那麼久了嗎？

嗶——嗶——嗶——

我拿起手機接聽來電，話筒那邊傳來同事的聲音。

「早安，親愛的！」

我嘆了一口氣，然後回答：「唉……又是妳啊……」

「拜託，不要用這樣的口氣好不好。我今天有好事要告訴妳，妳一定會很喜歡。」

我笑嘻嘻地回答：「到底是什麼好事呢？」

「我已經找到一個小孩，她說她知道怎麼玩一百個鬼魂的遊戲……想要見她嗎？」

我馬上下了決定，接著問：「在哪呢？」

「同樣的地方，趕快來吧！等會兒那個小孩就得回家了。」

我馬上從家裡出發，搭公車前往約定的地方，那裡是我和巴薇姊姊在假日常相約聊聊的地方。巴薇姊姊其實是一個很可愛的 LadyBoy，和我在同一個部門工作，年紀大我五歲，常常講出相當帥氣的言論。

到了之後，我直接往餐廳走進去，就看到巴薇姊已經和一位穿著高中制服的短髮女孩坐在一起，兩個人有說有笑，氣氛也滿融洽的。

「妳們好！」我向她們兩位打招呼，她們也給了我回應。

「請坐，不過妹妹她可沒有那麼多時間喔！」巴薇姊請我坐在她們對面，我趕緊把握時間提出問題。

「妳知道一百個鬼魂的遊戲嗎？」

「妹妹的名字是媞達。」巴薇姊先打斷了我的問題。

「是的，我有一個妹妹在那間學校唸書。」媞達點點頭說。

「可以請妳告訴我關於這個遊戲的事情嗎？」我一邊說，一邊馬上把筆記本拿出來，

巴薇姊則是獨自喝著飲料，聽著我們之間的對話。

「我的妹妹和那群玩一百個鬼魂遊戲的人是同學。」媞達說。

「是哪一群人呢？據我所知，玩這個遊戲的人有好幾群。」

「就是被車撞死的小潘那一群人。是她們其中一個人跟我妹妹講了關於一百個鬼魂遊戲的事情。」她回答。

她講完之後沉默了一會兒，臉色感覺不太好。

「請妳繼續說吧！」

「呃……它……它真的很恐怖！當她開始講這個故事……她們……看到……」婼達開始一五一十地把關於這個遊戲的事情告訴我，包括遊戲的開端與她們遇到的所有事情。

「啊……時間差不多了！我們先離開吧！否則等一下妳的父母會擔心。」巴薇姊突然打斷我們之間的談話，邊說邊把那位小女孩拉起來。

我也跟著她們站了起來，不過眼睛還是盯著手上的筆記，上面已經寫下了該如何玩一百個鬼魂遊戲的方法。

當時我覺得自己已經掌握了大部分線索，而且我一定會證明給大家知道，關於一百個鬼魂遊戲是真的存在的。另外，我也要把在這個遊戲背後，造成那麼多人死亡的始作俑者給揪出來！

我回到家，關起門後，心裡仍然有種很興奮的感覺。這時我看著緊緊抱在懷中的筆記本，心臟噗通噗通跳著，我想我一定可以在這個事件上獲得空前的成功。

由於這個遊戲導致十多名學生死亡，所以一定能夠讓世界上的人們相信的確有鬼魂的存在，而我就是要把這件事情透明化公開的那個人！

其實我一開始知道這個遊戲的時候，根本不相信它會是個多可怕的遊戲。不過當我越來越深入了解，才認知到這是個多麼複雜且恐怖的遊戲。我想並沒有人會相信這個遊戲能殺死那麼多人，但是據我所知，有許多學生相信。另外，那些學生怎麼會知道這個遊戲呢？因此，我從這一群學生開始下手，搜尋相關資料，藉由新聞報導，讓全國的人知道關於這個遊戲的事。

新聞本身就是一個很有效果的工具，當每一則新聞被寫在報紙上之後，幾乎全部的人都會相信這些新聞的真實度。就算是八卦新聞，或是小小的專欄報導，大部分讀者看了之後，也都會選擇相信。

我接觸一百個鬼魂的遊戲已經有一個月了，到後來也知道該如何去玩。

我把懷中的筆記本放在桌上，用驕傲的眼神看著它。我一定要用盡全力去證明我所寫出來的事情都是真的。

但是如果我沒有自己試試看，又怎麼能夠確切地證明呢？況且這樣的事情也沒有辦法請別人幫忙吧！

想到這裡，我突然想起當那位小女孩跟我說話的時候，她表現出來恐懼萬分的神情。

現在我已經知道這個遊戲的危險性，那我還要去試嗎？

而且如果那些事情是真的，我也要像那群愚蠢的女學生，去嘗試玩那個可怕的遊戲嗎？

我發現其實自己也會懼怕，怕關於這個遊戲的事情都是真實的，更不用說怕用自己的生命來與這個遊戲打賭了。

如果我輸了這個遊戲，不就表示我一定得死嗎？我會像那位被車撞死的小女孩一樣死於非命嗎？

不管如何，我常常告訴自己，身為記者的職責，就算要把生命當作賭注，我也要努力地去找到事情的真相，這是我一直秉持不變的信念。

我拿著手機，看著一張照片。照片裡的是一張紙，上面用紅筆寫著泰文的母音、子音與數字，我照著裡面的排列，謄寫出一張相同的內容，倒是差點忘了寫上泰文的「是」與「否」這兩個字。其實要玩這個遊戲的事前準備工作相當簡單，就連普通的國中生也能輕易完成。

寫完之後，我就把剛剛用來書寫的筆折斷，隨手丟進垃圾桶。接著從自己的皮夾裡找出一枚錢幣，把它放在紙上。

叮……咚……！

已經這麼晚了，會是誰呢？我邊走邊想，從門上的孔看向門外的訪客。

「巴薇姊！」

我趕緊開門讓她進來，這時她一手拿著手機，另一隻手則是提著 GUCCI 的包包。

「我打手機給妳，為什麼不接我的電話呢？！妳看！妳又關掉聲音了嗎？」她不斷地對我抱怨。

「我正要準備工作啊！」

「這麼晚還要工作嗎？」

「對啊！這件工作一定得晚一點才可以進行。」我邊講邊指著桌上那些已經準備好的東西。

「唉唷！這是要作法幫妳找到老公嗎？」巴薇姊用她慣有的語氣對我說。

「不是啦！因為那個小女孩告訴我怎麼玩一百個鬼魂的遊戲，所以我想要自己先玩玩看，證明這個遊戲真的存在！」我馬上說明。

「妳太認真了，我覺得那個小女孩只是想出名。妳看！因為妳沒有問出她的名字，她看起來滿沮喪的。」

「基本上，我們也不會公開爆料者的名字啊！如果公開，一定會有很多記者去找她，這則新聞我們也別想做了！」

「好的！大記者！現在要開始工作了嗎？」巴薇姊坐在我的工作椅上說。

「妳要一起玩嗎？好像滿好玩的，更何況妳也喜歡這樣的事情，不是嗎？」我嘗試幫自己找幫手。

「我是比較喜歡關於明星的新聞啦……這個看起來就像是小孩子玩的遊戲啊！」她一邊講，一邊看著我寫的那張紙。

這時我把那張紙與那枚錢幣放在地板上，巴薇姊則是坐在我的對面。我起身走進廚房，拿了一炷香出來。

「拜託！妳這樣做是要請我來嗎？[1]」巴薇姊開玩笑地說。

「沒有啦！我是要請真正的鬼魂過來啦！這樣才能讓鬼魂好好地進去那枚錢幣裡。」

「這樣會搞得整個房間都是香的味道！」

「好啦！好啦！」我用打火機點燃手上的香，然後把火甩熄。接著把點燃的香放進空

註釋

1 在泰國，用一炷香拜拜是要請鬼來的意思，這裡是巴薇姊在開玩笑。

的筆筒裡。

「好啦！這樣應該可以了！」我坐在巴薇姊對面，身旁則是放著筆記本，方便看玩這個遊戲的程序。

「噢！玩這個遊戲的方法可真簡單，就和玩普通的鬼錢幣差不多啊！就只是問十二個問題，什麼類型都可以，問完最後一個問題後，說出『找到鬼魂』而已……」

於是我和巴薇姊相視而坐，就開始念玩這個遊戲的經文。一開始並沒有什麼特別，不過只過了一會兒，香燃燒後飄出不規則擴散的煙，開始變成一條直直向上的狀態！

當我們念到經文第三輪，四周突然停了下來。

這時我感覺我和巴薇姊按著錢幣的手指正不停地顫抖，我不敢壓得太緊，也不敢放得太鬆，怕不小心會讓手指離開那枚錢幣。

這樣的情況僵持了快十分鐘，最後巴薇姊終於忍不住地嘆了一口氣。

「喂……是要等到我找到老公才可以動嗎？」

當她一說完，那枚錢幣就突然往左邊開始移動，讓我們著實嚇了一跳。

「啊！媽呀！」巴薇姊突然大叫，同時一隻手不斷地拍著胸口。

「現在我們一定要問到十二個問題才行。」我嘗試讓自己冷靜一點。

「趕快啦！想知道什麼就快點問吧！」巴薇姊說。

「您叫什麼名字？」我問了一個玩鬼錢幣的人都會問的問題，如果問了這個問題，也能夠知道請來的鬼魂是不是我們所認識的人。

我問完之後，錢幣一點動靜都沒有，直到我們產生了不舒服的感覺。現在整房間都是煙，也讓我不禁祈禱這個遊戲能趕快結束，我可不想要房間變成這樣啊！

此時天花板上的燈開始閃爍，就像鬼片裡常常出現的場景，而且我害怕一旦燈光完全熄滅，它就……

眼前的錢幣慢慢地在那張我用心寫的紙上移動。

「喂！妳看，錢幣自己在移動！明天我有新聞可以寫了！」巴薇姊害怕地說，同時用她那翹著小指的玉手不斷地拍打著胸口。

「姊！拜託一下好不好，妳不是在社會新聞部門嗎？」我沒好氣地說，不過同時眼睛也緊盯著那枚移動的錢幣，最後它移動到「ช」[2]這個子音上面。

「錢幣真的會自己移動耶！真沒想到！」我對自己說。

那枚錢幣一直停在「ช」這個子音上面，沒有再移動去別處。

「那我們就叫你大象先生可以嗎？繼續下一個問題吧！」巴薇姊說。

「你是因為意外死亡的嗎？」我對著那枚錢幣說，它就很快地移動到「否」這個單字上面。

「你是因為他殺嗎？」真不愧是跑社會新聞的巴薇姊，問出了這個問題。這一次錢幣停頓了一下子，然後慢慢移動到「是」這個單字上面。

我深深地吸了一口氣，不過可能由於香的味道太重，感覺幾乎沒有吸到什麼空氣，早知道一開始就把窗戶打開了。此時天花板的燈依舊閃爍，鬼片裡的氛圍越來越濃烈。

「喂！妳上個月有沒有付電費啊？這樣下去說不定會被斷電喔！」巴薇姊對我說。

我不想理會巴薇姊，只是牢牢記住現在已經問了三個問題，接下來是第四個問題。

「你是男生還是女生呢？」我吞了吞口水，問出了這個問題。

這一次錢幣把我們的手指拉到了「男生」這個單字上面。

「哇……」巴薇姊看起來相當興奮，不過她似乎不清楚這一次的測試，對我來說有多重要。

接下來，我們陸續問了好幾個問題，直到問完最後一個問題，這時巴薇姊也表示她已經想要回家了。此時，我看看牆上的時鐘，是半夜兩點十五分，我開始有了怪怪的感覺。

這一次煙不見了……雖然香是點燃的，而且仍有香的味道，不過煙卻突然消失不見，就像是有人把它們全部吸走。

「馬上結束這個遊戲吧！讓我可以快點回家，要是我家裡的貓寶貝生氣，事情可就大條了。」

我一直看著筆記本，似乎已經到了最後步驟。

註釋

2「ช」是一個泰文子音，拼音為 ch-，對應的單字是大象。

「找到鬼魂……現在……就請巴薇姊把錢幣翻面吧！」我說。

此時我把手指從錢幣上移開，巴薇姊則是一邊打瞌睡，一邊試著把錢幣翻到另一面。

突然間，有陣微風掠過臉龐，我也不清楚從何而來。而且，天花板的燈閃爍頻率越來越頻繁，紙上的錢幣則是像發生地震似地不停震動。

「糟了！發生地震嗎？」巴薇姊站了起來，看著窗戶外面。

我看了一下正在震動的錢幣，然後抬起頭來看巴薇姊，此時驚人的一幕就出現在我的眼前：有顆男生的頭顱在窗戶外飄浮著，而且那雙眼睛正盯著我！！

「啊！」

「什麼？什麼？發生了什麼事？」巴薇姊馬上跑過來，我則是緊緊地抱住她的手臂，用手指向窗戶外面。

「那裡有人頭！外面有一顆人頭啊！」

巴薇姊轉頭去看窗外，不過現在什麼也沒有，連我也沒看到剛剛那顆嚇死人的頭。

「哪裡有什麼頭啊？我看妳已經發瘋了！外面根本沒有可以立足的地方，怎麼會有人站在那裡呢？」巴薇姊對我說，然後走到窗戶旁，想要再確認一次。

「不是人站在那裡啊！是人頭！一顆男生的人頭，真的！」

巴薇姊轉過頭來看我，似乎感覺我已經發瘋了，然後說：「到底是什麼頭啊？妳太誇張了，我跑社會新聞的，也沒像妳這樣！」

「但是我真的看到了啊！」

「慘了！已經三點了嗎？我要回家了！」巴薇姊看起來不想再理我，獨自拿起包包，往門口走去。不過我仍是很害怕，感覺那顆頭依舊在外面盯著我看！

「姊！不要回去了吧！今晚就留在這裡陪我。」

•「妳瘋了嗎？我親愛的 Spiral 正在家裡等我餵牠吃飯呢！還有啊，雖然我們兩個人是在不同部門，但我終究大妳幾歲，建議妳工作不要太過頭才好。儘管妳很想表達自己的想法與報導中所發掘到的事實，不過還是得衡量一下情況，別超過自己所能承受的極限。」

巴薇姊拍拍我的肩膀說。

「妳想要說我相信的事是假的嗎？」

「不是那個意思，不過也差不了多少。另外，我也告訴過妳，在這件事情背後，一定有藏鏡人存在，要不然早就變成各大報頭條，而不僅僅是專欄裡的小報導了。」

「姊！如果這件事情是真的呢？那就表示神祕的事情的確存在，而且我剛剛也……」

「我還是覺得一百個鬼魂遊戲是拿來騙小孩的東西，再加上許多人的傳言，才會讓這個遊戲變得小有名氣。」

睡不著，雖然嘗試入眠，但一想到剛剛發生的那些事，仍然翻來覆去睡不著覺。

一百個鬼魂遊戲真的存在嗎？

剛剛我已經開始玩這個遊戲，就表示我也進入這個遊戲的程序了嗎？

我坐了起來，把原本覆蓋在身上的棉被掀開，下床開燈，往廚房方向走過去。奇怪的是，天花板上的燈仍然不斷閃爍，到底是燈管壞掉了，還是因為剛剛發生地震呢？

剛剛真的有地震嗎？

其實我不太清楚玩一百個鬼魂遊戲之前，需要做什麼準備？也不太知道該怎麼進行這個遊戲？更不用說怎麼樣才算是真正啟動這個遊戲！另外，我也不確定關於這個遊戲，是否還有其他規則？進行遊戲的人數需要比較多嗎？還有多少我未知的步驟呢？

對了，我剛剛看到的那人頭，到底是打哪來的呢？

是否就是錢幣裡的鬼魂呢？

現在才想到，雖然我大概知道一百個鬼魂是怎麼樣的遊戲，不過我並不清楚這個遊戲真正的內涵與其背後所隱藏的祕密。

我從沒有電的冰箱裡拿出一罐汽水，在閃爍的燈光下，看看是不是我昨天喝剩的那罐。之後拿了一個杯子，轉頭打開冰箱上方的冷凍庫，想要拿一些冰塊出來。

「啊！！！」

當我一開冷凍庫，打算拿冰塊卻抓到頭髮的時候，心臟幾乎停止跳動了！我仔細一看，只看到一顆短髮人頭塞在那裡，雖然它的臉是朝向裡面，不過仍可以看得出來是一個男生的頭顱。我往後退了好幾步，心裡的恐懼讓我想要放聲大叫，不過我卻喊不出一點聲音來！

到底這是怎麼樣的情況？

當我還感到驚恐的時候，才注意到那顆頭顱似乎會自己移動，然後就突然從冰箱裡面滾出來，一直滾到腳邊才停住。它那蒼白且佈滿冰霜的臉，毫無遮掩地呈現在我的面前！

「啊——！！！！！」

「我也不知道舊主人是誰？」從電話另一端，傳來一句不太有精神的回答，似乎回答的人剛剛從睡夢中醒過來。

「那好吧！還是很感謝您！」說完，我就掛上電話。其實昨晚遇到那樣的事情之後，我馬上跑到巴薇姊家睡，至少在工作之前，還能夠好好地睡上兩個小時。

「發生了什麼事情？」坐在對面的小P問我，我想是因為她看到我掛了電話之後，把手機丟在椅子上吧！

「沒什麼啦……」我小聲回答。

「幹嘛一大早就生氣啦！妳看妳看，我買了這個會讓妳變胖的點心，說不定妳就能夠擺脫現在的竹竿身材囉！」巴薇姊走了進來，邊說邊把手上的蛋糕放在我的桌上。

「拜託！妳先不要告訴我跟鬼有關的事情喔！我現在已經快要發瘋了！」我邊講邊把蛋糕拿起來。

「咦？為什麼呢？妳遇到鬼了嗎？」小P馬上搬了一張椅子到我旁邊，這時我才想到，她對於神祕事物很感興趣。

「嗯！我剛剛才知道，原來那台我從一位老伯家搬來的冰箱，之前曾經被用來當作殺人藏屍的地方！」我點點頭說。

「唉唷……」同事發出了令人討厭的可愛聲音，巴薇姊則是用她那隻纖細的手，害怕地拍了拍胸口。

「噢，我的天啊！那表示昨晚妳看到的人頭就是……」巴薇姊叫道。

「對啊……就是那位死者的鬼魂啦！」我點了點頭回答。

「太糟糕了……」從小P的臉色看起來，她似乎很了解我的感受，也對我所講的事情深信不疑。

「但妳不是住在那裡很久了嗎？為什麼之前都沒有遇過呢？」巴薇姊問。

其實我也有同樣的疑問，不過應該是因為我昨天開始玩那個遊戲，這些奇怪的事情才會一件件發生。

「小Ｐ，妳知不知道一百個鬼魂遊戲呢？」

「一百個鬼魂的遊戲？我當然知道啊！我妹對這個遊戲超級瘋狂！」小Ｐ睜大了眼睛回答。

「這個遊戲真的存在嗎？」

「我也不知道，但我妹倒是很相信這件事。不過，為什麼妳要問這件事呢？」她說。

「因為昨晚她嘗試要玩這個遊戲啦！」巴薇姊回答。

「說不定是因為一百個鬼魂遊戲，才讓我開始看到鬼魂！」

「但我沒有看到什麼哩！」

「姊！我想是因為連鬼都對妳感到害怕啦！」小Ｐ對著巴薇姊說。不久，主管就從外面走進來，準備視察大家的工作情況，所以我們只能回到工作崗位，就連已是社會新聞主管的巴薇姊也是一樣。

這時小P對我使了使眼神，似乎要我接內線電話，於是我趕緊拿起桌上的話筒。

「我想我認識能夠幫妳的人！」話筒另一邊傳來小P說話的聲音。

我站在一間舊舊的學校前面，往裡面看去，這裡足夠蓋一間大大的高中，不過裡面卻只有三棟建築物。我走進學校，發現門口沒有任何管理人員，學校裡的感覺讓我覺得很悶。另外，這間學校裡有一片草地，我想可能是用來給學生踢足球的地方吧！最後，我發現這裡的學生實在非常少，這應該是我所見過最空的學校了！

「妹妹妳好！」我對著一位國小女學生打招呼，她正在學校圍牆旁的樹邊玩耍。她嘗試爬上一座神龕，想看看裡面到底有什麼東西！

「您好！」她回答，卻沒有轉頭來看我，仍然嘗試著爬上神龕，結果不小心跌了下來。

「妳在做什麼呢？」我用很溫柔的聲音問她。

「我想看鳥！這裡面有鳥！」她回答。

聽了她的回答，我嘗試去看神龕裡面，確實發現了一個鳥巢，不過沒有半隻鳥。

「咦？裡面一隻鳥都沒有，說不定牠們已經飛出去覓食了吧！」我對小女孩說。

她依舊不理我，繼續往神龕上面爬。

「妹妹，妳知道高三的教室在哪裡嗎？」我不想再和小孩兜圈子了，乾脆直接問她。

「我知道！」她回答。

「妳可以帶阿姨過去嗎？」

這一次她轉過頭來看我，似乎已經放棄想看神龕裡的小鳥，對著我說：「可以！」

她一說完就往前跑，帶著我往最大的那一棟建築物跑過去，那是一棟三層樓建築。這時我低頭看手上的手錶，現在剛好是午休時間，說不定只剩下一些學生還留在教室裡面。小女孩帶著我上二樓，走到幾乎是走廊最後面的地方。

「就是這間教室了！」

我往教室裡面看去，只有三個學生坐在裡面。其中兩個女學生正在聊天，完全不理會我；另一位男學生，則是我剛剛在走廊上見過的。

「大家好，我想要找一位叫作帕亞的學生，他在這裡嗎？」我對教室裡的學生們說。

我一說完，那位男學生馬上站起來，跑過來，說：「大阿姨您有事要找我們班長嗎？」

班長？而且還叫我大阿姨？我有那麼老嗎？現在我開始討厭高中生了！

「呃，對啊！我有事想跟你們班長說。」

「喔！他在樓下，但我覺得大阿姨還是先回去吧！因為從來沒有人敢來這裡找他！」

聽起來這個帕亞似乎來頭不小，讓我開始感到有一點害怕。不過身為一個記者，我一定得堅持到最後，沒有找到事情的真相，絕不罷休！

「呃，那這個帕亞是誰的小孩，你知道嗎？」

那男學生皺了皺眉頭，回答：「孩子？我怎麼會知道班長他爸爸的名字？而且應該也沒有人敢問他。」

那孩子一定是政治人物的小孩！

「你叫什麼名字呢？」

「我叫馬諾！」他回答我，看起來是一個很單純的孩子。

「你應該知道他的爸爸吧！像是送他來上課時，多少有機會見到……」
「噢！我們的班長都自己走路來上課！」
他的回答讓我無言，於是我繼續問：「那你們知道誰跟你們班長比較熟嗎？」
「就是我啊！我是他最熟的朋友了！」
「是嗎？！」
這時突然從後方傳來說話聲，我轉頭去看，一位男學生正扠腰站在那裡。我再仔細看了他一下，對於他染的那頭與臉蛋一點都不配的金髮，還戴著奇怪的耳環，感到相當疑惑。
「噢！班長！這位大阿姨要找您！」馬諾邊說邊往帕亞的身邊靠過去，感覺有點虛偽。
我勉強給他一個微笑，心裡則想：他是政治人物的小孩嗎？看起來一點都不像！
「有什麼事嗎？如果沒有，就趕快回去！等一下我要上課了！」那位叫帕亞的孩子，用很兇的口吻對我說。
「像你這樣，還會在意幾點上課嗎？」一個留著劉海、看起來踐踐的女學生突然說話，然後就從我們身旁走過，進了教室前門。

「我要問你一件事情，你現在方便講話嗎？」在帕亞進去教室之前，我趕緊把握機會問他。

「要問什麼？」

我真的很不喜歡這個小孩的眼神。我說：「就是……我聽說你知道一個遊戲……」我話還沒說完，他就從我身旁走過，往教室裡走進去，根本不想理我。不過在他要進去教室之前，又突然轉過頭來跟我講話。

「不知道！而且請大阿姨回去跟妳朋友說，我從來不會喜歡比我老的女生！」

「啊！！！我真的很討厭那個像魔鬼一樣的小孩！」

「唉……」在聽我抱怨帕亞的事情超過三十次之後，巴薇姊不禁嘆了口氣。

「為什麼……這個小孩的父母沒有教好他？」

「好啦好啦！先不要生氣了，別忘了妳的工作還沒有成功喔！」小P嘗試著安慰我，然後說：「真的很抱歉建議妳去找那個小孩，不過我敢確定，他真的知道一百個鬼魂遊戲！」

「我覺得他一定有什麼祕密，就像我之前面談過的女學生！他們一定知道，只不過不想跟我講！」我很生氣地說。

「說不定他們是想要一些酬勞。」

「死小鬼……父母沒教好他！」我忍不住地一直罵。

「喂！有誰可以幫我下去拿新聞的資料夾？小P妳也可以！」主管突然對著我們說。

「我可以幫忙！」我自願到樓下放資料的檔案室，幫忙拿主管所要的資料夾。其實之前我就有機會進去檔案室，為的就是尋找與一百個鬼魂遊戲有關的新聞資料，包括十幾年前發生的也不例外。當時那些新聞原本看起來和這個遊戲並沒有什麼關聯，不過當我更仔細去看，就發現其實和這個遊戲脫離不了關係！

現在我正在找主管所需要的資料夾，這些資料是以時間順序來分類。當我全神貫注地尋找時，突然有聲音從另一側傳了過來！

喀！

這裡除了我，應該不會有別人啊！更何況像這樣充滿霉味的房間，我猜是沒有人想跑進來打混摸魚。

喀！

「是誰啊？」我忍不住問，但是沒有得到任何回應。我走到鐵櫃的另一邊，也沒發現有人在那裡。

喀！

這次聲音是從我原本站的地方傳出來。

喀！

「……是小P嗎？……」我彎下腰去，從鐵櫃中間的空隙，往剛剛所站的地方看過去，有個人從眼前走過去。

「小P……是小P嗎？」我問。

我走到另一邊，同樣沒看到人，我想一定是有人故意開我玩笑！

「小P……！」我又大聲叫了一次。這次我就看到一個女生往檔案室門口走去，我趕緊跟在她後面。不過當我來到房外的通道時，卻連一個人影都沒有見到！

「厚……」我忍不住抱怨，然後走回原來找資料的地方。這時我發現有很多資料掉到地板上，奇怪的是，剛剛完全沒有聽到掉落的聲音啊！

「到底是誰啊？」我邊說邊蹲下來整理那些資料，要把它們重新歸位。當我正要把資料放回鐵櫃的時候，突然看到對面有位女生看著我！她的臉很紅，而且有很多難看的疤痕，看起來像是被火燒過。她給了我一個微笑，不過她的嘴唇相當乾癟，皮幾乎要掉了。

「啊！！！」

我馬上放開手上的資料，任由它們掉落到地板上，接著就往檔案室門口跑。我馬上開門出去，幾乎要撞到正在整理資料的職員！

「喂！怎麼了？」

「檔案室裡面有鬼啊！」我指著檔案室說。

「什麼東西？鬼嗎？」職員皺著眉頭問。

「它在裡面！在檔案室裡啊！」

我叫得很大聲，然後就突然一陣暈眩，眼前的世界陷入黑暗。

躺在醫院裡的我醒了過來，手上還插著點滴的針，巴薇姊與小P則是坐在我的身旁，臉上都露出相當擔心的神情。

「女主角！起床了嗎？去天堂拜訪神好玩嗎？」巴薇姊開玩笑地跟我打招呼。

「姊……」

「妳還好嗎？不知道妳怎麼了……」小P對著我說。
「我看到了，我真的看到了！」我用虛弱的口氣對她們說。
巴薇姊和小P互相看著對方，最後決定由年紀較長的巴薇姊來講。
「就是……一百個鬼魂遊戲是不存在的！那天妳玩的只是普通的鬼錢幣遊戲，並不是一百個鬼魂遊戲。簡單來說，就是這個遊戲不是真的……」巴薇姊握著我的手說。
「我可以看到鬼魂，難道不是因為一百個鬼魂遊戲？那我究竟是不是已經玩了那個遊戲呢？」我無力小聲地說。
「一百個鬼魂遊戲真的不存在！雖然妳曾經聽過相關傳聞……但那都是騙人的，都是妳自己在胡思亂想。」小P對著我說。
「不是的，我已經找到了……我認為一百個鬼魂遊戲是真實存在……而且我也已經玩這個遊戲了。」我嘗試要站起來說，不過全身仍是感到無力。
巴薇姊無奈地回答我：「拜託，這個遊戲根本不存在，妳只是工作太累，才會亂想！」
我不相信！

「姊……我們一定要找到鬼魂……一百個啊！」我說。

說到這裡，我慢慢地昏沉想睡，應該是因為藥效發作吧！在我真的睡著之前，隱約聽見了巴薇姊與小P不斷嘆氣的聲音。

下午五點，我再次醒了過來。這時橘紅色的陽光透過綠色窗簾照了進來，即使如此，病房裡的溫度仍然比較低。我慢慢起身下床，一手推著掛點滴的鐵架，走到病房另一邊去調整冷氣溫度，想要讓室內變暖和一點，再慢慢走回床邊。當我一坐下，就聽到有人敲門的聲音。

這時我站了起來，等著門外的人自己開門進來，不過等了一下，卻沒有任何人開門。

我想或許是聽錯了吧！但是過一下子，敲門聲又再次出現。

這次我仔細看了門上的毛玻璃，發現門外並沒有任何陰影，應該是隔壁的小孩過來惡作劇，亂敲門吧！

叩！叩！叩！

我遲疑了一下，慢慢往門口方向走去。不過當我把門打開，還是發現外面一個人影都沒有！

「拜託……我真的很討厭小孩！」

當我把門關上之後，沒一會兒，敲門聲又再度出現。

「喂！！」我再次把門打開，本來打算狠狠地罵一頓，不過這次出現在門口的，卻是一位醫生。

「呃……呃……妳好！妳應該……好多了吧！」醫師不曉得該用什麼表情來面對我。

「是的，另外就是……醫生剛剛您是否看到小孩子在我房間前面玩嗎？先前有人亂敲房門好幾次，讓我感到很不舒服。」我回答。

「小孩嗎？這裡並沒有小孩子啊！」醫生轉過頭去看著外面的走廊說。

「或許是從其他樓層跑過來的吧！」

「我請護士幫忙注意一下好了。」醫生講完之後，就先離開了。

我深深地嘆了一口氣，同時把門關起來。心想好不容易有休息的機會，沒想到會遇到這些可惡搗蛋的小鬼！

晚上的醫院相當安靜，靜謐到幾乎只能聽到時鐘的滴答聲。現在的我躺在床上，張開雙眼，完全睡不著。

於是我拿起身旁的遙控器，想看看還有什麼電視節目可以欣賞，不過可能因為時間已經太晚，很多頻道都收播了。

「噢，真的好無聊！」我邊說邊看著眼前的卡通節目，心想已經那麼晚了，怎麼還會有給小孩看的卡通呢？

叩！叩！叩！

搗蛋小鬼頭又來了，又來房間挑戰我的極限。這次我小心翼翼地走下床，輕輕地推著點滴架，安靜地往門口方向移動。到了門口之後，我把手放在門把上，心想如果小鬼頭再敲門，我就馬上把門打開！

趕快敲吧！像你這樣的小鬼頭我見多了，待會你就知道我的厲害！我心裡不斷地浮現這一句話！

等了很久，卻沒有任何聲音。

叩！叩！叩！

敲門聲突然出現，於是等到第三個聲音一結束，我馬上把門打開，準備開口大罵，不過……並沒有任何人站在門口！

「怎麼會這樣呢？」我感到很奇怪，就算小孩跑到隔壁房間，至少可以看到他的身影，或是聽到關門聲啊！我探頭看看隔壁的門口，門是關著的，也沒有任何人影存在。

「護士小姐！護士小姐！」我嘗試小小聲地呼喚。

很快地，就有一個護士從她們工作的房間走出來，是在走廊最後面的位置。

「有什麼事嗎？」

「剛剛有人敲我的門，我不曉得是不是小孩在惡作劇，可以麻煩護士小姐幫忙注意一下嗎？謝謝！」

「呃……醫生已經告訴我了。我們確認過，這一層樓並沒有小孩子，說不定那不是敲門聲，而是其他的聲音。」

「但是我真的聽到敲門聲啊！剛剛我刻意站在門口等，所以我很確定有人來敲門！」

我看到護士手足無措，不曉得該怎麼回答，於是我馬上說：「沒有關係啦！不過還是請妳幫忙注意一下，因為我不太好睡，謝謝妳囉！」

「好的！」

我關上門，嘆了一口氣。現在已經很晚了，但是我卻沒辦法好好休息，到底這間醫院是怎麼回事！

叩！叩！叩！

又來了！我幾乎受不了了！當我再次開門，一樣什麼人影都沒看到；不過當我一把門關起來，敲門聲就又出現。到底是發生了什麼事！

於是，我決定最後一次打開門確認，如果還是沒看到什麼，就要請護士小姐幫我換另一間病房了！當我正要把門打開的時候，就發現那個聲音其實並不是敲門聲。

於是我停下來，仔細聽了一下，發現那個聲音來自門的附近。

叩！叩！叩！

我慢慢地抬頭往上看，就看到有個女生飄浮在那裡！她渾身捆滿了白色繃帶，連臉也緊緊包住，只留下黑色長髮。另外，她的身體看起來相當輕盈，不斷在空中擺來擺去，就像是洋娃娃被風吹動。她的腳在擺動過程中，不斷地踢在房間牆壁上，所以發出了這樣的聲音！

叩！叩！叩！

那天晚上，我馬上辦好出院手續，決定到巴薇姊家暫住。當巴薇姊打開門看到我的時候，整個人嚇呆了，比看到鬼的反應還要大得多！

「是什麼風把妳吹來這裡啊？」

我一點都不想管巴薇姊說什麼，馬上把東西搬進她家，雖然我帶來的東西就只有錢包與兩件衣服。

「妳可以出院了嗎？不要告訴我妳又遇到了奇怪的事！」當我們兩個人躺在床上的時

候，巴薇姊問了我這句話。

「姊……我一定要搞清楚一百個鬼魂遊戲到底是什麼……不管如何我都不會放棄的！」我說。

「我不知道一百個鬼魂遊戲與妳最近遇到的鬼魂有什麼關係，但是……」

她還沒有說完，取而代之的是她開始打呼的聲音。

在我經歷冰箱與醫院裡的奇怪事情，又在巴薇姊家住了一晚之後，今天我回到自己的房間。我決定請一位男鄰居，幫我把那台冰箱搬到大樓下面。由於那位鄰居對於我要把還堪用的冰箱丟掉感到很奇怪，所以我認真地說服他其實這台冰箱已經損壞，避免他起了其他想法。

當冰箱被搬到樓下後，我心裡舒服許多，心想今晚應該能夠好好地睡一覺。

另外，把這件事情處理掉，我也比較能放心地好好工作。雖然我仍然對於在檔案室裡遇到的那個女生感到疑惑，不過我還可以去問檔案室主管，我想他在這裡工作很多年，應該會知道些什麼。

「在檔案室裡面死去的人？」在我告訴主管檔案室裡所發生的事情後，對方馬上冒出了這句話。

「之前都沒有發生過什麼事件嗎？」

「噢！有的有的！當我們這裡還是小辦公室的時候，曾經發生過火災，最後導致兩個人不幸葬身火窟！」主管突然想到，趕緊跟我說。

「那兩個人是誰呢？」

「我也不知道，我是從別人口中得知的，妳可能得去人資部門問才會有結果。」

當我到人資部門看了一些資料後，就發現其中一位外派女記者的照片，跟我在檔案室裡遇到的女生長得很像。

至於另一個人，我也努力去找，畢竟這些資料包含了職員的所有事，一定可以找到我想要的答案！

正當我努力尋找，有兩個女生職員從外面路過，我剛好聽到了她們聊天的內容。

「今天嗎？」

「對啊！今天！而且也是因為這樣，所以公司才會讓大家在晚上六點提早下班。」

「噢，所以這裡真的有奇怪的事嗎？」

「我不知道啊！不過辦公室曾請和尚來看過，對方表示這裡的守護神很強。此外，每年的今天，如果晚上還有人留在這裡，就一定會發生火災，而且一定會有人喪命！」

「我也曾經聽過這件事，只不過沒想到這會變成這棟大樓的神祕事件！」

「對啊！所以我們今天最好早點離開。」

對了！今天主管也告訴我們要提早離開！

「喂！有妳的電話！對方說她是小珠，有急事跟妳講！」小P突然叫我，要我趕緊去接。

於是我回到座位上接起電話。我心想，似乎曾經在哪裡聽過小珠這個名字。

「妳好……」

「不好意思！妳是不是那位正在調查關於一百個鬼魂遊戲的記者？」

「妳是……我曾經去學校找過的學生嗎？」

「我有事情要跟妳說。」

我離開辦公室到外面吃午餐，手上拿著香腸麵包，桌上則是擺著一瓶果汁。我坐在椅子上，任由微風吹拂身體，已經很久沒有這樣輕鬆的感覺。

其實從十五歲開始，我就立志成為一位記者，也不斷加強自己成為一位記者的能力，努力往這個目標前進。雖然一開始媽媽希望我能夠接下家裡的生意，不過我把這責任推給了表弟妹，好讓自己可以繼續往目標努力。

對我來說，賺很多錢並不是我的目標；能夠找到事情的真相，才是我真正想要的。

因此，只要是我想知道的每件事，我就一定要找到真相！

「喂！可以一起坐嗎？」小P對我說，她從辦公室裡走出來，手上拿著一些吃的東西。

於是我把桌上的果汁移開，挪出一個位置給她。

「妳最近的狀況似乎不太好耶！」

「嗯，怎樣我都要找到真相！」我邊咀嚼嘴裡的食物邊說。

「我知道！」小P說，然後從紙袋裡拿出一個紅色盒子，接著問：「要不要吃炸雞？」

「不用了，我怕胖！」

「妳瘦到快要站不住了，還會怕胖嗎？」小P一邊咬著大雞腿一邊說。

「對了，妳知道嗎？今天我們可以提早下班，要不要一起去唱卡拉OK？」小P邊吃邊講。

「好啊！不要忘了找巴薇姊喔！」我說。

「沒問題！」

「對了，我們可以提早下班，是因為這裡每年同一天會發生的神祕事件嗎？」

小P疑惑地看著我問：「妳也知道這件事？」

「我是聽別人講的。」

「對啊！據說每年這一天，如果超過晚上六點還有人留在這裡，就會發生火災！過去已經發生過兩次了。」

「那為什麼不搬走呢？或是蓋神龕也可以啊！不管如何，總比現在這樣的情況要好得多吧！」我說。

「好像大樓的所有人曾請人來看過，聽說這裡的守護神太強大，就連和尚也無計可施。」

「那妳還知道其他事嗎？」

小P把一塊炸雞塞進我的嘴巴裡，然後說：「沒有人知道，也沒有人想知道！就不要再問了吧！」

現在已經很晚了，我還是坐著椅子上，不斷用筆敲著桌子，等待著約定好的時間。

「咦？還沒有回家嗎？不怕變成今年的神祕事件主角嗎？」小P走過來問我。

「我約那個小妹妹見面，她應該再一下子就到了。等她到了，我們會一起到外面去。」我對她說。

「嗯，那妳要趕快出去喔！再過半個小時，門就會關了！」

我點點頭，順便低頭看了手錶。

現在已經五點多了！

當我聽到手機的聲音，突然從睡夢中驚醒。

「喂……」我按下接聽鍵，這時頭腦仍是暈暈的。

「………」

「喂……」我邊說邊站起來揉揉眼睛，轉頭去看周圍的情況，才發現自己趴在桌上睡著了，現在四周一個人都沒有。

「………」

「什麼東西啊？」我低聲地說，然後看了一下手機螢幕，發現並沒有來電號碼，說不定是有人在惡作劇。

這時頭上的燈突然開始閃爍，辦公室裡的電視螢幕也突然自己打開，發出了無訊號時的吵雜聲，我感覺四周的情況越來越奇怪。

「咦？我是在作夢嗎？」

「算了！不管了，趕快離開就好，只剩下半個小時，門就要關了！」

我拿起桌上的錢包與要帶回家處理的文件，想要離開辦公室。當我到達大樓電梯前面的時候，發現四部電梯都已經關了。於是我決定走樓梯下去，同時撥了電話給巴薇姊。

「糟了！糟了！」

一樓通往外面的門已經被關起來了，所以我趕緊跑上二樓，想要利用停車場的門到外面去。這時頭上的燈也是不停閃爍著。

「怎麼會打不出去？」我著急地自言自語，因為手機現在完全收不到訊號。於是我跑到辦公室大廳，想找收訊比較好的地方。

但是過一會兒，整棟大樓的燈就全都關了，只留下我一個人在黑暗中。

「拜託！這麼做之前，也不先確認是否還有人在裡面嗎？」

我想改打手機給小P，不過手機仍然沒有訊號。最後我仰賴著手機的微弱燈光，再次回到停車場門口。

「鎖了嗎？還有人在裡面啊！！！」

這個管理員真的很糟糕，都沒有確認裡面還有沒有人！而且每個地方都鎖上了，如果要防小偷，會做得那麼好嗎？！

這時我嘗試冷靜下來，就想到還有另一個出口。位在大樓另一邊，所以一定得穿越辦公室，才能到那一側。

當我到了那一側，準備推門出去樓梯，突然間聞到了煙的味道，轉頭一看，就看到從辦公室裡冒出一陣陣的濃煙！

怎麼可能？為什麼會突然發生火災？

我慢慢走回辦公室，想知道為什麼會有煙冒出來。當我一把辦公室的玻璃門打開，濃煙馬上從裡面冒出來。我往裡面看了看，發現辦公室擺放電腦與紙張的地方，有火苗不斷出現；在另一邊，則是看到一位職員坐在角落的地面上。

「先生，你還好嗎？」我看到他躲在角落，似乎被煙嗆到無法呼吸，所以我嘗試叫他。

我遠遠看著他的身影，並不清楚還帶有一點模糊。

於是我用手摀著嘴鼻，穿過濃煙，因為煙太大，我的眼睛也忍不住流出眼淚。

「你！！」

在我看到那個男生之後，我發現他似乎不是我們公司的職員，而且我發現他的身體竟然開始慢慢變長，當他站起來，高度足足是我身高的兩倍。再仔細看，發現他的皮膚非常黑，就像是把木炭粉擦在身上，最噁心的是，身上還長滿一顆顆的突起物。

「啊！！」

當我從驚嚇中回過神來，我就馬上逃離這間辦公室，根本不想再看到那個男生的臉，雖然我不確定他是不是我們公司的人，不過就我所知，並沒有像他那麼高的人。

逃到出口的逃生門前，我幾乎準備踹門出去了，就在此時聽到後面傳來玻璃破碎聲，當我轉頭去看，就看到地上滿滿的碎玻璃，還有火舌從破裂的辦公室門口竄出來。這時我感到呼吸困難，於是我踮高腳尖，想要呼吸更上方新鮮的空氣，不過可能是我身高太矮了，所以吸進去的都是濃煙。

「救我！！救我！！」我嘗試大聲呼救，不過心裡同時想到先前兩個職員被火燒死的事。

因此，先前聽說每年的這一天，如果六點之後還有人在，就會發生火災的說法，完全得到印證了。

「救命！！」我用力敲著逃生門，直到我的手痛到無法忍受。現在我感覺到周圍的溫度越來越高，好像在烤箱裡面，燙到讓我皮膚幾乎全都要掉下來了……

我現在到底怎麼了？我不會死吧！像我這樣的人，一定不會那麼簡單就死。

「救命！！有人還在這裡啊！！救命啊！！」

持續產生的濃煙讓我感到頭昏腦脹，已經幾乎要站不起來了。於是我從包包裡拿出一整疊面紙，用力地覆蓋住口鼻。其實我身上有帶著薄荷棒，只是現在根本找不到它！

當我癱坐在地板上，不斷呼救的時候，突然聽到有人被煙嗆到所發出來的咳嗽聲。

「咳……咳……」

這時我才發現還有其他人留在這裡！好了，這樣就算要死，也有一個朋友作伴！

我用手肘頂著地板，慢慢朝辦公室的方向匍匐前進，雖然手肘因此都被地上的碎玻璃割傷了，不過我還是想要找到咳嗽聲的來源。另外，這個聲音是從另一邊傳過來的，並不是剛剛那個男生的方向，也讓我放心不少。

「喂！喂！我在這裡！」我試著叫她。

這時咳嗽聲消失不見，卻有人回答：「……救命……」

當我辦公室門口時，發現裡面現在只有煙，已經沒有火了。於是我用手拉住門把撐著身體，然後從門上的破洞穿過去，不過由於地上都是碎玻璃，讓腳上穿著高跟鞋的我，不時有打滑的感覺。

「在哪裡？妳在哪裡？」

「……我在這裡……這裡……」

我經過了幾張桌子，走到辦公室後面，就看到一個女生正躲在一張桌子下面。她用手帕遮住口鼻，眼睛則是因為濃煙變得相當紅腫。

「救命……」她虛弱地叫著。我趕緊把她拉起來，不過可能是因為吸入太多濃煙，她全身幾乎呈現無力狀態。於是我拍拍她的肩膀，想讓她能夠恢復一點意識。

「冷靜一點……等一下一定會有人來救我們！」

我攙扶著她，慢慢把她帶離這間辦公室。不過當我們一走出去，馬上感受得到對面傳來的熱氣，看來對面的辦公室也陷入火海。這時我發現她並沒有穿鞋子，於是我用腳把地上的碎玻璃給弄開，好讓她可以往前走。最後當我們抵達通道的最後面，我把她放了下來，發現她的腳仍然被一些剩餘的玻璃割傷，血跡則是滴滿了一整條通道。

「再撐一下！我們一定能夠離開這裡！」我對她講。這時雖然她已經幾乎暈倒了，不過現在還有人能夠陪著我，心裡也是安心許多。

我嘗試再次推出口的門，不過它仍是一動也不動。同時，我發現那個女生正用力地抓住著我的裙子邊緣。

「發生什麼事嗎？」我轉過頭去看她，以為她已經暈倒了。

「……我……看到……」

現場的濃煙越來越多，讓我根本看不清周遭的情況。於是我只得盡量放低身體，以便能夠好好地看清楚她的臉。

「妳先不要說話，等我們出去之後再講！」

「我……真的看到……有……男生……在裡面……」她小小聲地說。

我轉頭看先前看到那個男生的地方，接著說：「男生……他的皮膚黑黑的，是不是？」

她點點頭說：「是……他說……他……」

就在這個時候，我看到有個身體從辦公室裡走出來。那個身體又高又黑，當他走出來之後，還轉頭看著我們兩個人。

「不要……」我現在完全不管那個女生要說什麼了，只是不斷發狂地敲打著出口的門。

「趕快打開！！打開！打開！」

「他……說……他……要殺我們……全部……」

「救命啊！！」

「吃藥的時間到了。」好心的護士小姐走過來提醒我。我跟護士小姐說想到外面透透氣，她也同意讓我出去走走。

我走到外面坐下來，看著前方的人們走來走去，他們都穿著和我身上相同的衣服，還看到一些人正在跟樹木講話。

我想起在火場裡，當時我還有一點點意識，後來被救出，我躺在醫院的擔架上，全身幾乎沒有力氣。儘管如此，我卻還清楚記得自己看到了巴薇姊、小P和那位小女孩……那個小女孩叫作小珠，當時她正站在另一邊，用很擔心的眼神看著我，似乎不曾見過被火燒傷的人。

不過她算是滿相信我的，那個時候才準時來找我，只不過管理員要把大樓關起來，所以沒有讓她進去，她嘗試聯絡我，卻聯絡不上。最後幸虧她還留在附近，才會看到大樓冒出濃煙，趕快報警求救！

但是儘管那樣……也幾乎……沒有什麼幫助！

我幾乎快死了……整個身體都是被火燒傷的恐怖傷口！而我在裡面遇到的女生，腰部以下都因為嚴重燒傷必須截肢處理，而且其他人告訴我，她後來選擇自殺結束生命。那個女生生前一直提到辦公室裡的黑色男人，我也看到了，但是當我提到這件事，大家卻都對我投以懷疑的眼神。

除了那個小女孩外，其他人都對我的情況感到遺憾！

她來醫院看我，我告訴她自己已經玩過一百個鬼魂遊戲，以及我遇到了怎麼樣的事。而且我也告訴她，儘管有人想要阻止我，我也一定要寫關於這個遊戲的新聞報導！

我已經找到真相……一百個鬼魂遊戲真的存在……

但是那個瘋狂的小女孩居然說……

「我有件事情要跟妳講……其實……一百個鬼魂遊戲……是不存在的！」她說。

這個瘋子……她怎麼會說出這樣的話呢？

「騙子……妳騙我……其實妳玩過……妳騙我……妳只是不想讓我寫這則新聞，妳想一個人獨吞這個祕密！」我說，我看得出來她正在騙我。

「我說真的，這一切都是妳自己在幻想……」

「大騙子！」

我馬上拿起桌上的水杯，狠狠地把水潑在她身上，這時坐在旁邊的巴薇姊則是馬上阻止我的行為。

「瘋子！大騙子！像妳們這樣的人都喜歡騙人！從今天開始，再也不要過來找我了！」

我已經確認一百個鬼魂遊戲真的存在……我知道……我比別人清楚……而且我已經玩過了！

我已經玩過了……我也贏過了……

我不會死……

我贏了，一百個鬼魂遊戲是真的，全世界只有我知道這件事情……我一定會跟大家講……大家一定會嚇一跳……大家一定會……

護士來醫院大廳把我帶走……真無聊，為什麼大家都不相信我呢？

小珠還是坐在那裡，她的身體仍然濕濕的。

呃……為什麼她的身體濕濕的呢？這個小孩喜歡玩怪怪的遊戲喔……

我給她一個微笑，就走路離開這裡。

只有我知道一百個鬼魂遊戲真的存在！

小珠一邊嘆氣一邊從醫院裡走了出來。

「謝謝妳的幫忙。」巴薇姊拍了拍小妹妹的肩膀說。

「但我並不覺得這樣做有用。」

「妳說的也對。」

結束對話後，小珠和巴薇姊說了聲再見，就走路離開。其實先前那位記者去找小珠她們的時候，她感到相當厭惡。不過現在那位記者不但發瘋了，臉也幾乎被毀容，小珠對她的態度漸漸轉為原諒。

小珠沿著醫院外圍走，當她走到一個轉角的時候，她撞到了一個人。

「噢！不好意思！」

「喂！」這個聲音對小珠來說很熟悉，所以她抬頭看去。

「咦？你不就是那位曾經位學校找過我的人嗎？」

「我叫作帕亞！妳去找過那個記者了嗎？」帕亞對我說。

其實這個帕亞學校找小珠，是為了告訴她，已經有位記者知道關於一百個鬼魂遊戲的事了。不過當小珠為了避免這件事情繼續擴大，而去找這位記者的時候，已經來不及，一切都太晚了。

「她已經發瘋了！嘴裡一直講著關於一百個鬼魂遊戲的事情。另外，她也因為火災被燒得面目全非。」小珠說。

帕亞點點頭，接著說：「應該是真的發瘋了吧！要不然怎麼會說自己玩了這個遊戲，而且贏了這個遊戲？」

這時小珠突然想起坤庫老師，當時都是因為老師，她才能夠有驚無險地通過一百個鬼魂遊戲的考驗。雖然現在老師已經過世，不過老師曾經告訴過她的話或教過她的事，她可是一點都沒有忘記。

「到頭來我還是不曾感覺自己贏過一百個鬼魂遊戲。最後……失去的遠比我得到的還要多！」小珠說。

兩人一起慢慢走路離開，氣氛中帶著些許憂鬱的感覺。其實真正了解一百個鬼魂遊戲的人，就是那些因為它而失去許多東西的人！

故事4

活的人／死的人（續）

我放下原本在耳邊的手機，慢慢地往前飛，直接穿透前方那道鋅製的圍牆。裡面有大大小小的水泥塊，看起來就像是拆解大樓後遺留下來的部分。由於裡面相當黑暗，我藉由外面照射進來的燈光，想要看清楚現場情況。在這片廢墟中，有個女生正站在一塊最高的水泥塊上，於是我再次把手機靠近耳朵，然後說：「小珠……我找到妳的朋友了……」

「噢，終於考完試了……」我忍不住抱怨，因為這次考試實在讓人感覺太累，和參加馬拉松比賽後產生的疲累感不分上下。

「這是最後一天了，我們就快要放假囉！收假之後就要升高二了。」小川說。

「噢……但是也表示我們準備大學考試的時間越來越少了。」小娜說。

「唉……」我和小娜同時嘆了一口氣。

「小珠！小娜！難道妳們一點都不高興嗎？再過不久，我們就要上大學了！」小川對我們說。

「然後呢？」我回問。

「對啊！然後呢？」小娜同意我的想法。

「我真的很想上大學，如果妳們不想沒關係，我一個人去也可以！」

「呵……像妳這樣嗎？」我真的很討厭這個太努力的好朋友！

「不知道小露現在怎麼樣？如果她可以跟著我們一起上課，不知道有多好……」小娜小小聲地說，不過我們並沒有時間理她，我們還在互相推擠，打鬧玩耍。

這時意想不到的事情發生了。我和小川仍然在推擠打鬧，被我往後推的小川，不小心撞到小娜，讓她從人行道上失去重心，被擠落到車道邊。正巧有一道黑色的陰影很快地開了過來，把小娜整個人給撞飛出去！

我嚇了一跳！

怎麼會這樣？

「小娜！！」

撞到小娜的車停了下來，駕駛馬上下車關心。

「怎麼樣？人還好嗎？」

我和小川也馬上跑過去。小娜被撞飛得很遠，她剛剛還跟我們有說有笑，突然被車撞飛，讓我嚇了一大跳，幾乎無法接受而雙手不斷地發抖。這時我把小娜扶了上來，看到她臉上和頭上有血慢慢流下來，就像電影裡的場景一樣。

「小娜……」我在她耳邊叫她，現在的我什麼話都說不出口。

這時旁邊的小川開始哭泣，肇事駕駛則是跑過來，打算送小娜到醫院去。我雖然不想讓他把小娜帶走，不過此時我全身癱軟無力，而且腦袋一片空白，也不知道該做什麼才好。

「一定得馬上送她去醫院，妳們兩個要一起跟著我去嗎？」那個男生問我們。小川馬上點頭，我則是呆滯在現場，不知道該怎麼做了……

因為我從來沒有看過自己的朋友……在眼前遇到那麼嚴重的意外！

急診室外面，有四個人正在等候，就是：小娜的父母、我和小川。除了一直說抱歉，我們都不知道該和小娜的父母說什麼才好。

小娜的母親除了一直哭，一句話都沒說，也完全不想看我們的臉。小娜的父親對我們點了點頭，要我們先到另一邊去。

「不是妳們的錯，不用想太多，妳們先回家好了，明天再過來看小娜吧！」小娜的父親溫柔地對我們說。儘管如此，我還是覺得自己犯下了相當嚴重的過錯。

「真的很對不起……」除了這句話，我不知道該說什麼才好。

「小娜一定會好起來的，妳們先回家去吧！」

小川搖搖頭說：「但是我們想留下來聽醫生急救的結果！」
小川講完沒多久，就聽到急診室門打開來的聲音，接著聽到小娜的母親很大聲地說：
「我的孩子怎麼樣了？！」
我和小川立刻跟著小娜的父親到急診室，看到醫生拉下口罩說：「她沒有生命危險了。不過因為失血多導致休克，現在我們正替她輸血，應該明天就會醒過來了。」
聽完醫生的話，我感到安心許多，至少知道小娜沒有大礙，也讓我可以安心回家。
但是……隔天當我們再次到醫院去的時候，情況並不像昨天醫生所講的。
小娜並沒有醒過來，也沒有張開眼睛，身體也沒有動，甚至連一點反應都沒有！
過了一天，情況依舊相同；再過了兩天、三天，甚至六天，情況依然沒有改變。
最後，醫生表示小娜可能會變成像睡美人一樣，終身無法再醒過來！我們也被小娜的母親趕走，因為她不想再讓我們見小娜了。
「都是妳害我的孩子變成這樣！」小娜的母親幾乎指著我的額頭講。其實即使她什麼話都沒有說，我也能夠了解她此時此刻的感受。另外，除了一直哭一直哭的小川之外，現在連小娜的父親也不跟我們說任何話了。
我只能不停重複地說：「我很抱歉！我很抱歉！」
現在除了把自己跟小娜交換，讓我躺在病床上，而且永遠無法甦醒之外，已經沒有其他方法可以彌補我所犯下的過錯了。

死的人

我……叫作帕亞……在學校的時候，大家都稱呼我一聲班長，不過在我背後，大家則是罵我死小孩。今天我到這間醫院，並不知道等一下會遇到什麼樣的事情？另外，你們可能對於我為什麼來醫院感到相當好奇吧！
其實我不是特別安排過來的，主要是朋友阿維找我去拜拜，就順道來醫院這裡探望他因為重感冒而住院的妹妹。反正我本來就沒有什麼事情，所以拜好之後，就跟著他一起過來醫院。

探完病，正當我們離開醫院，阿維剛好轉頭看到兩個坐在病房外面通道上的女生，我也覺得她們兩個人看起來相當眼熟。

「我覺得他們看起來很眼熟，似乎曾經在哪裡看過！」阿維對著我說。

我隨著阿維的眼神看著她們，這時剛好她們其中一個人也轉過頭來看我們，不過這時她的臉上則是流滿了淚水。另外，我已經幾乎要想起來在哪裡見過她們了！

「喂……」我叫。

「你們……」那個女生看著我們說，似乎她們對我們也感到眼熟。

「是誰啊？」這時另一個女生問，我也想起來在哪裡看過她們！

「妳們！」

「你們！」

我們都忍不住地互相叫了出來，就像是在唱歌劇。

當我想起這兩人之後，我對她們的印象相當清楚，我也認識她們的坤庫老師，更不用說認識她們所知道的一百個鬼魂遊戲。另外，我還記得當我告訴她們，是一隻會講話的狗告訴我關於一百個鬼魂遊戲時，她們露出一副完全不相信的表情。

「妳們來這裡幹什麼？為什麼要哭呢？」阿維走過去跟她們打招呼。

「我的朋友出了車禍！」她們其中一個人回答，一講完就哭了出來。對我來說，我真的很不喜歡看到女孩子哭！

「妳們還好嗎？」我隨口問問她們，並不想知道任何事情。

她們只是一直哭，為了她們情緒平復，我們真的等了很久，等到我已經懶得再等了！

「她就變成睡美人了！」

「真的嗎？！」阿維講得很大聲，似乎沒有遇過這種情況。還是他正在想睡美人的童話故事到底是怎麼一回事？

「只是這樣的情況，那妳們到底在哭什麼啊？」我話都還沒講完，其中一名女生就站起來，一拳往我的臉中間打了下去。

「離開我的視線……」她說，同時不斷地喘氣，看起來就像是氣喘病發作。現在她握緊拳頭，似乎準備給我第二拳！

「喂！幹什麼啊！我什麼都沒做，為什麼要打我啊？妳以為我會怕妳嗎？」我大聲地叫了出來。

「你覺得我會怕你嗎？」她很生氣地看著我說，生氣到她的眼球幾乎快跑出來了。然後她說：「如果事情還沒搞清楚，就什麼都不要講比較好！」

「小珠……」另外一位女生站起來抓住她，讓我放心了點，因為這個女生感覺起來真的很兇悍！不過就算睡美人的話題對她來說很敏感，也不應該隨便出手打人啊！

「好啦……兩位……就放輕鬆一點吧！」阿維跑到我和她中間，說：「我認為班長並不是想要傷害妳們的內心，而且小姐妳也不是真的故意想打班長，是不是？」

「對啊！小珠！」

噢！原來她的名字叫小珠，真是一個超級兇的女生啊！

「不管你是誰！不過像你這樣，應該沒有跟朋友一起經歷過很困難的情況吧！所以你就不會知道好朋友之間的緊密情感，具有多大的價值！」

我緊握住拳頭，咬牙切齒地說：「我啊……」

「班長，我們先離開好了！不要再跟她們吵架了，這樣下去會打擾到其他病人！」阿維一邊說一邊把我拉離這裡。這時我也注意到很多病房裡的人走出來看著我們。

我離開之前，又轉頭看了一下小珠，只見她依舊坐在那裡，用雙手掩蓋住臉。

那個時候我對自己很疑惑，一方面覺得她對我所說的話，太過於誇張；另一方面，也是因為我遇過和她現在類似的情況，所以內心多少對她感到抱歉。

總之，我想可能是我的個性習慣亂說話吧！

活的人

現在的情況很像……我們正在吃一盤好吃的甜點，卻突然被別人搶走。

當我看到躺在病床上，渾身纏著繃帶的小娜時，不禁聯想到坤庫老師活著的最後一天。我記得那天坤庫老師躺在加護病房裡，不久就過世，其實我應該可以幫一些忙，不過最後卻是一點忙都沒有幫上。

現在看著小娜，又讓我想起當時的感覺。

到底什麼時候會醒呢？什麼時候我正看著的她會醒過來給我一個微笑？

離開醫院之後，我和小川在公車站分開，各自回家。我們兩個人的心情都很不好。當我想到剛剛在醫院發生的事情，更是沒有辦法控制自己。偏偏到現在我才想起來，他們兩個就是先前拿有鬼的筆請我們幫忙處理的人，讓我越想越生氣！

像他那樣的人，怎麼會了解一位好朋友即將永遠無法甦醒的悲傷？難道他以為這只是一件小事嗎？

「小珠……」媽媽開門進來我的房間，有點擔心地問：「現在小娜怎麼樣了？」

「媽！她還沒好！都是我害她的，對不對？」我回答媽媽，淚水忍不住奪眶而出。

媽媽走過來，坐在旁邊說：「事情已經發生了，就不要再去想是誰的錯！如果妳知道會造成這樣的後果，妳一定不會去做，對嗎？」

我點點頭。

「媽媽覺得小娜一定會復原，她不是那麼虛弱的女生。說不定現在她正在想辦法回來跟妳們相聚呢！」

這時我抬頭問媽媽：「媽！您說的是什麼意思？」

「有時候人的靈魂雖然已經離開身體，不過身體卻是活著的。只要離開的靈魂能夠找到回來的方法，最後一定可以復原甦醒的！」

靈魂……正在找方法回來她的身體嗎？

死的人

「她們的關係應該是很緊密的，所以現在看起來她們挺可憐也很令人同情。」阿維對著我說，讓我的心裡更不好受，我真想把阿偉變成永遠醒不過來的那個人！

「呃，然後呢？」我大聲地說。

「班長，你覺得那個女生為什麼會變成睡美人呢？」

「可能是因為被打針吧！」我開玩笑地說。

「我覺得應該是和靈魂有關！班長，我曾經看過一部電影，女主角一直昏睡不醒，後來才知道是因為靈魂不在身體，當她的靈魂再次回到身體，就又醒了過來。」阿維繼續說，一點都不理會我開的玩笑話。

「然後呢？」

「說不定她們的朋友只是靈魂不小心離開身體，沒有辦法回來！」

活的人

放假的時候，感覺任何事情都很無聊。放假前，有很多事情想要做；不過真的放假後，卻什麼都沒有做到。

我現在坐在公園裡，什麼事情都不想做，腦袋裡一直浮現小露死的那一天，與小娜被車撞到的那一天。

這兩件事都是我的錯……

坤庫老師應該跟我有一樣的感覺，當老師的朋友在他前面被車撞時，老師可能也完全不曉得該怎麼做，也應該感到相當驚慌。不過後來老師還是打起精神，努力尋找朋友的靈魂。那個時候我無法理解老師為什麼要這麼做，難道只是要找到他的靈魂，然後跟他說對不起；還是老師想要確認朋友並沒有陷入一百個鬼魂遊戲的人鏈之中？

或者是老師只是想讓自己比較安心？至少他已經盡力幫忙了。

但是現在我呢？我能幫朋友什麼事呢？

「喂！又見到妳了！」

這個聲音很熟，不過聽起來讓人感到不太舒服。我轉過頭去，就看到一個穿著運動服的金髮男生站在那，一手拿著羽毛球拍，一手則是脫下鞋子，拿起來做出往外倒的動作。

「又是你啊！」我大叫，就馬上站了起來。

「喂！我還沒有對妳做什麼喔！妳不可以打我！」

「你來這邊做什麼？該不會是想要報復吧！」

「難道這裡是妳私人的地方嗎？我想要來這裡工作也可以吧！」

「你幹嘛穿著運動服，然後拿著羽毛球拍來工作啊？」

他站了起來，這時剛好有另一個看起來像是國中生的男生過來找他，然後說：「學長！我找到羽毛球了！」

「我來這邊當他的練球夥伴。這就是我的工作，妳現在了解了嗎？」那個金髮男生對我說。

「喔！是這樣子！」我點頭說。

「那妳呢？來這裡幹嘛？」

「休息。」

「妳想找好玩的事情做嗎？」

「往左邊打！！」

「姊姊，加油！」

「好的！」我用盡全身的力氣把羽毛球打過去，讓那位金髮男生幾乎來不及接。

「喂，球出界了！」

「不算！因為你沒有把界線畫出來啊！」我說。

「對啊！」那個弟弟同意我的看法，因為我正和金髮男生比賽，而那個弟弟跟我是同一隊的。

「你輸了，五比零！我贏了！耶！」我一直說，不斷重複他輸了這句話。

「哼……給我記住！」

「謝謝妳囉！今天陪我一起玩，真的很好玩！」弟弟對我說，就轉過頭去跟那位金髮男生說：「老師，謝謝您，我一定會努力練習，然後變得和那位姊姊一樣厲害！」

「錯了吧！應該是要跟我一樣厲害才對吧！」

「我爸爸來接我囉！我先回家了。」

「再見！」我跟弟弟揮手說再見，然後轉頭去看那個金髮的傢伙，發現他流了很多汗。拜託！只是跟女生打羽毛球，他以為是要去參加奧運比賽嗎？

「到底你真正的身分是什麼啊？黑道大哥？還是教羽毛球的老師？」我問他。

他走回放包包的椅子那裡，拿了一條白色毛巾給我，接著說：「這個給妳！」

「呃……謝謝！」我說，就拿這條毛巾擦拭流滿汗水的臉。

「是誰告訴妳我是黑道大哥啊？」他問。

「因為你的朋友都叫你班長啊！看起來好像很怕你！」我回答。

「阿維……」他小聲對自己說。

「我叫作小珠，你呢？」

「我叫帕亞！」他給了我相當簡短的答案，然後轉頭拿了另一條毛巾，接著問：「妳每天都會來這裡嗎？」

「沒有啦！是因為今天沒有事情才過來的。」

「妳的朋友呢？」

我不知道要怎麼回答，於是說：「呃……就是……應該在睡覺吧！」

這時他把包包拿起來，把毛巾掛在肩膀上，走向離他最近的水龍頭，開水洗他流滿汗水的臉。

「關於那一天，我真的很對不起……呃……」我小小聲地說。
「什麼？可以大聲一點嗎？我聽不到！」他大聲地說。
「我說我很對不起啦！」
「呃……我也一樣啦！」
哇！像他這樣的人也會覺得不好意思啊！
洗完臉之後他就站起來，用毛巾擦了擦被水濺濕的衣服。
「如果妳不急著回家，我有事情想跟妳講！」

死的人

很多人可能會感到好奇，像我這樣看起來比較喜歡爭強鬥狠的人，為什麼要請一個曾經揍過我的女生吃粿仔條？其實對我來講，雖然都是女生，不過某些女生卻讓我非常討厭，像是我們班的副班長艾蜜卡，不知道在兇什麼東西，讓我很厭惡，而且我根本也不怕她。

對我來講，跟其他學校的男生打架，並不是什麼大事。不過要是講到女生，我連碰到她們的勇氣都沒有。

「你在這裡工作嗎？」小珠邊講邊張望這間由一位阿伯所開的小店。這裡的粿仔條相當好吃，而且阿伯的嘴巴很厲害，幾乎能夠罵一整天，不用休息。

「對啊！等我吃完就要工作了！今天算妳幸運，能夠趕在打烊之前來吃！」我一邊說，一邊吃了一大口麵。

「喂！你打算追這位可愛的妹妹嗎？」阿伯說得很大聲，大到我聽得一清二楚。而且他不只是講話，還用湯匙不斷敲著煮粿仔條的鍋子！

「好啦！好啦！如果阿伯講太多話，頭髮可是會變白的！」

「喂！你是我的員工，一定要接受我的命令啊！」

「哦，阿伯你自己說我是你的員工喔！那就表示我不是你的奴隸，所以不要講那麼多囉！」

這時小珠笑著問：「你們兩個每天都這樣嗎？」

「幾乎每天都這樣啦！」我回答，然後馬上把眼前的麵吃光，接著說：「呃……其實我想講的是關於妳朋友的事。說不定她到現在都還沒有醒，是因為靈魂離開身體，卻找不到回來的路。」

「是嗎？」

「應該是啦！」

「我覺得有這個可能……」小珠說完就站起來，突然把筷子放在碗上說：「對！一定是這樣沒錯！」

「對了，就是……我還有辦法可以幫妳朋友，算是補償我之前對妳亂講話的吧！」我說，同時把工作圍裙穿上去。另外，我嘗試不轉頭去看她，連我自己也不知道為什麼。

「什麼辦法呢？」

活的人

沒想到那個男生是個大好人，印證了人不可貌相這個道理！

隔天早上，我和小川約在學校的公車站見面，前一天，我已經告訴小川這個幫忙小娜的計畫。

「呃……那個男生是真的要幫我們嗎？他看起來……好可怕啊……」小川問，她似乎不太相信這件事情。

「我們已經沒有其他辦法了。而且，像那樣的事，雖然我們也可以自己做，不過我還是覺得太危險了！」

「我還是覺得很好奇，為什麼他要幫我們？明明我們一點都不熟啊！我覺得他一定有什麼其他陰謀，妳說呢？」小川說，看來她相當緊張。

「陰謀？沒有啊！」

「啊！！」小川嚇到快要連自己都不認識了，因為那個男生的聲音突然闖進我們的對話中。

我們同時轉頭，看到帕亞和他那位臉上長滿痘痘的朋友，而且他們走過來的動作，像是要去跟誰打架，怎麼看都不像乖巧的男孩。

「妳們好！」帕亞的朋友先跟我們打招呼，而這樣的行為和他的外表一點都不相配。

「他的名字叫作阿維。」帕亞介紹他的朋友，就轉過去小川的方向，帶著一點兇兇的神情問：「小姐！妳會不會想太多了！我們根本就不是壞人！」

如果是不認識他們的人，應該也會有跟我相同的想法吧！

「現在我們要去哪？」我問。

「我們的學校應該是最好的地方，因為現在是放假的日子，學校裡沒有半個學生，也沒有像妳們學校，有固定巡邏的老師。」阿維說。

「嗯……」這個提議應該是挺不錯的。

於是接下來我們搭了一小段公車，然後走入一條小街，走了滿長一段距離後，才到他們的學校。這間學校的地點相當偏僻，和我們學校完全不一樣。不過在他們的校園裡，卻有著很多樹木與草地。除此之外，學校附近還有許多間舊舊的廟。

這時他們帶我們來到學校後面，那裡有一整片圍牆，不過牆上有一個很大的洞，看起來像是被大卡車給撞出來的。雖然學校用一片鐵絲網覆蓋，不過由於它是活動式的，所以這裡就變成學生可以自由進出的出入口。

我們從這邊進去他們的學校，裡面只有三棟建築物，其他則是一整片空曠。

「哇……好大啊！其實這裡可以蓋一所很大的高中呢！」我說。

「我們學校雖然不是大學校，不過從國小到高中都有喔，只不過每一個年級都只有一個班。另外，這裡的每個學生都認識我們班長喔！」阿維試著介紹他的學校。

「班長？你的意思是……」小川講，然後轉頭去看帕亞。

「都認識我有什麼問題嗎？反正我不是黑道大哥就對了！」帕亞兇兇地說。

跟之前一樣，如果對不認識他們的人來說，應該也會有跟我相同想法吧！

「到我們教室去好了，那裡應該是最安全的地方。」

於是我們走進一棟三層樓建築物，他們的教室則是位於通道最後面那一間。我覺得這裡的教室看起來很有日式風，在走道兩邊，都有著很大的窗戶，一眼就可以看清楚教室裡的情況；往外面則可以看到其他建築物。另外，在教室牆壁最上方，則有一小格一小格的窗戶，相當特別。

「哇……這裡看起來……環境挺不錯的嘛！很有年代的感覺！」我環顧四周後說。

「是的，我們學校已經歷史悠久了。」阿維說，似乎對於他的學校感到相當驕傲。

「對了！妳已經知道儀式怎麼做了是不是？東西都準備好了嗎？」帕亞說，把我們拉回現實的生活裡。

小川把手上的塑膠袋拿起來說：「都在這裡囉！」

「妳們好像做過這個儀式，看起來很有經驗！」阿維邊說邊把教室門打開。

「我們並沒有做過，不過我們所認識的兩個人曾經做過！」我說。

進去教室後，帕亞就把眼前的桌椅都移開，清出一個可以讓人躺下的空間。

「好了，準備好了！」

「你一定要帶著手機，你現在身上有手機嗎？」我轉頭去問帕亞。

「手機嗎？應該不用了吧……」

「很重要耶！先前我們的學弟學妹個別進行這個儀式時，也都帶著手機，這讓我們有辦法和他們溝通！」小川嘗試說明給大家知道，接著問帕亞：「你該不會沒有手機吧？！」

阿維嘆了一口氣說：「你拿我的手機去吧！」

於是帕亞從阿維那邊拿回手機，放進褲子的口袋。

接下來就是場地的處理，男生們先把蠟燭沿一個人可以躺進去的圓圈範圍擺好，我和小川則是幫忙把白棉線繞在蠟燭上頭，使所有蠟燭都可以被連在一起。

處理好之後，帕亞跨過蠟燭坐在圓圈中間，我則拿起剩餘的白棉線，先從他的脖子開始繞，繞完後請他躺下，再把他的兩根大拇指繞起來，最後繞到他的腳上。

「我有感覺……現在好像那一天小潘和我們在一起的場景……那個時候，小露和小娜也是跟我們……在一起。」小川說，這時她的眼淚幾乎要流下來了。

這時躺在地板上的帕亞突然叫了出來：「喂！先趕快進行儀式吧！如果蠟燭熄滅，我就沒有辦法回來了！」

「像班長這樣的人，會有什麼東西讓你害怕嗎？」阿維說，就把一支香放在帕亞的手上，接著說：「先用一支就好了，比較省錢！」

我用打火機點燃帕亞手上的香，然後說：「呃……我不知道為什麼你要幫我們，但是……真的很感謝你……」

這時帕亞閉著眼睛，一句話都沒有說，似乎人已經離開這個地方了。

「他會成功嗎？真的找得到小娜嗎？」小川疑惑地說。

這時我暗自許願，希望在小娜的身體受不了之前，帕亞能夠成功找到小娜的靈魂。

死的人

我真的沒有想到會有今天。

對我來講，現在算是我人生最成功的時刻了。雖然之前我也遇過很多靈魂或是鬼魂，卻沒有想到，有一天我竟然也變成了靈魂，一切就像是在作夢。我現在感覺就像在黑暗的夜空裡飛翔，但不久……就突然變成站在一片未知的大地上了。

「哇……」我忍不住發出了讚歎的聲音。

這裡的天氣並不熱，反而有一點暖暖的感覺；雖然有微風，但是也不像下雪的地方那樣寒冷。算了！總而言之，我也不知道該如何說明這個地方。

對我來講，現在的情況跟我在當人的時候不太一樣，周遭的事物看起來都是假假的，沒有真實感。另外，我感覺身體很輕。廢話！當然啊！我現在可是靈魂耶！靈魂應該沒有重量才對吧！

現在你們知道我眼裡看到的是什麼嗎？其實就像你們眼裡所看到的，並沒有什麼太大差別。只不過如果你們看到的是液晶顯示的影像，那我這邊所看到的就是傳統老電視的影像，雖然有顏色，但沒有那麼鮮明與漂亮。如果用食物來比喻，這樣的情況就像是在吃泰式酸辣粿仔條，不過並沒有加魚露與辣椒調味。

而且這個世界屬於靈魂過渡的世界，和人的世界已經不一樣了。小珠也曾經告訴過我，其實還有另一個世界，那裡就是真正靈魂存在的地方。因此，我一定得特別小心，別誤入了那個世界，要不然可能就沒有辦法回來了。

嗯！這個女生有時候也是滿令人欽佩的呢！

嗶……嗶……嗶……

這個聲音聽起來怪怪的，到底是什麼聲音？這個聲音離我的身體很近，就像是從我身上發出來的。

嗶……嗶……嗶……

「什麼東西？是誰，快點出來！」我邊講邊環顧四周，因為這個聲音離我的耳朵很近。

嗶……嗶……嗶……

咦？在我的褲子口袋裡，似乎有東西在震動。我伸手進口袋，把那個東西拿出來，才知道原來是支手機在作怪！

「拜託！原來是阿維的手機啊……」我邊說邊看著手機，沒想到變成靈魂後，還有機會使用手機。於是我按下接聽鍵，說：「喂！」

「班長你好，現在那裡的情況怎麼樣呢？你變成靈魂之後，有沒有什麼特別的感覺？」

「哇！阿維你的聲音超級清楚耶！真沒想到！我現在感覺身體很輕，應該就是變成靈魂之後的感覺吧！」我回答。

「好的，班長你現在人在哪裡呢？」

我轉頭看看附近，嘗試回想這裡是哪裡，終於讓我想到答案，於是我回答他：

「好像是在我們教室那棟建築物後面。」

「那表示你在離這裡不遠的地方。你能夠過來找我們嗎？說不定我們可以看到你喔！」阿維說，很像他說話的口氣。

我走到這棟建築物前，正當我打算走上樓梯時候，突然想到一件事情。

「現在我可是靈魂耶，為什麼不試試用靈魂的方法呢？」我心裡盤算著。

先前在鬼片裡看見的場景，靈魂是可以飛起來的，所以我嘗試不用腳走路，只有身體往前移動，沒想到真的飛了起來！

「哇！我的天……」我嚇了一大跳，心想原來當靈魂有那麼棒的能力啊！早知道就趕快死一死來當靈魂了。正當感到欣喜若狂的時候，我試著用手抓住樓梯的扶手，沒想到卻撲了個空。

「呃……為什麼鬼片裡面的靈魂可以摸到呢？」

我不太了解，不過就先這樣吧！於是我往上飛到教室，就看到自己的身體躺在那，被蠟燭與白棉線繞成的圓圈給圍著。另外，我也看到三個人坐在圓圈外面，一個是阿維，另外兩個則是小珠和她的朋友。

「喂！我在這裡！」我叫他們。

這時有兩個人轉過頭來，剩下的那一個則沒有動靜。

「班長！」阿維看到我嚇了一大跳，連他手上的手機都掉到地上。

另外一個可以看到我的，就是小珠！

「噢！班長……沒想到連你變成靈魂後，看起來感覺還是怪怪的耶！」

拜託！變成靈魂後可以殺人嗎？！

活的人

我不知道世界上有多少人能夠看到靈魂？

又有幾個人可以看到認識的靈魂？然後一點都不害怕，還可以跟靈魂聊天，不把它當成一回事。

「哇……我也可以看到你耶！」我說，然後叫小川一起轉頭去看。

「什麼？看什麼？」她轉頭問我。

真是特別，現在沒有辦法看到靈魂的人反而比較奇怪。

「妳沒有看到帕亞嗎？他站在這裡啊！就在我們前面。」我問小川。

「沒有啊！你們有看到了？為什麼我什麼都看不到？」

「鈴……鈴……鈴……」

「小珠！好像是妳手機的鈴聲啊！」小川說，阿維把手機還給我，接著我接起了電話。

「喂！你好……」

「小珠嗎？媽媽現在在小娜的醫院，聽小娜的爸爸說她情況不太好，妳要不要過來一趟？」

「真的嗎？！我馬上過去！」我急忙站起來，差點讓地上的蠟燭熄滅。

「發生什麼事情了？小娜怎麼了嗎？」小川問。

「我媽媽說小娜的情況不太好，我們一起去醫院吧！」我說，當我們正要出發的時候，我還是看到帕亞站在門邊。

「不好意思……我得走了……」

「不用擔心啦！這件事就留給我們處理吧！我們一定會找到妳朋友的靈魂。」帕亞說，同時對阿維點了點頭。

「萬分感謝！」我講完之後，就馬上跑出去，而這時小川還在問我：

「咦？妳剛剛是在跟誰講話啊？」

我們花了很少的時間趕到醫院，在那裡我看到媽媽正坐在小娜病房前，神情相當擔心，我們趕緊過去。

「媽！小娜怎麼樣了？」

「她的脈搏突然變慢了，現在醫生正在監控她的情況。所以我們先在這裡等一下好了。」媽媽回答。

我們先待在病房外。這時我從門口縫隙往病房裡看，發現裡面相當安靜，沒過多久，就看到醫生和護士從裡面走了出來。

對我來講，我根本不想問發生了什麼事？也不想知道小娜現在怎麼樣？

我只能暗自祈禱，希望在小娜失去機會醒來之前，帕亞能夠找到她的靈魂。

「現在我們要做什麼呢？」我問阿維，他現在正保護蠟燭，避免它們熄滅，而這樣的情況看起來就像是他在照顧自己的孩子。

「班長！我覺得你可以先去那個女生身體所在的地方，說不定她的靈魂就在她身體附近。除此之外，你也可以順便確認你要找的靈魂的臉孔啊！」阿維說，看起來是經過邏輯思考後的想法。

「對喔！你應該早一點跟我講，剛剛我就可以跟她們一起過去了。」

說完後，我就準備往外面飛出去，阿維突然叫住我。

「班長！」

「什麼？」

「我會先用另外一個手機號碼打給你，所以如果有什麼緊急的事情，就請你打給我後來打的號碼，先前那個是小珠的號碼！另外，如果我發現蠟燭快要燒完，我會先叫你回來，你可別罵我喔！」

我停了一下然後回他：「呃……什麼都可以，不要把學校給燒掉了就好。」

變成靈魂後，感覺像是把當人時候的重擔都給拋掉了，讓我現在覺得身體很輕，不需要擔心什麼事。這也表示當人死掉之後，沒有辦法帶走什麼。當然，如果你像我一樣厲害，說不定還可以帶著手機喔！

我從教室的那棟建築物上面往下飛，心裡感覺相當舒爽。降落後，就看到一位穿著泰國傳統衣服的女生，祂正站在學校門口。

「糟糕！那是掌管學校的神明！」

記得在上個學期，我曾經跟這位神明發生過一點磨擦，祂相當兇，差點害死我們全班。因此，我決定改道而行，往學校後面飛過去。抵達先前溜進學校的地方時，就決定直接穿牆走出學校外面。

當我閉上眼睛，握拳穿越圍牆的時候，感覺到有一陣涼風吹過。成功穿越之後，不禁大叫：「哇！好棒喔！早知道就早點變成靈魂了！」

不過這句話也只是隨便說說，儘管當靈魂有這些好處，不過也沒有人想那麼早死吧！

在這片廣大世界的我，很有冒險的感覺，接連穿越好幾棟房子，然後來到一條大馬路旁邊，這時就有一輛大卡車從我前面呼嘯而過。我不知道在這裡別人會不會看到我，不過我卻對自己看到的景象比較有興趣。

在那輛大卡車上，裝滿了很多東西。除此之外，我還看到很多靈魂正攀附在那輛卡車上，其中有身體歪歪的、沒有手腳的、沒有頭的，還有臉只剩下一半的。另外，它們有的是抓在貨物上面，有的則是攀在輪胎上，整個看起來就像一件驚人的藝術品。

接下來我飛到另一邊，開始加足馬力，就像是在開跑車。我飛過了很多間房子，也看到了很多特別的事情，像是有老人的靈魂站在房子前面、有女生的靈魂站在二樓的窗戶，更有一些穿著傳統服飾的小孩在房子裡跑來跑去。

直到現在，我還是沒有想到我可以在一天之內，看到那麼多靈魂。

真是令人難以置信！

轟隆！

「哇！怎麼回事？」當我飛越一團雲朵，打算穿越一間房子的時候，突然被這間房間的牆壁給彈了回來。再仔細一看，就發現這間房子被一整片電網所包圍……而且看不出來這些電是從哪裡來的。

我站起來想伸出手去碰那片電網，沒想到根本還沒碰到，就又被一陣強大的力量給彈了回來。

「噢！這到底是什麼東西啊？」我大叫，這時我的手指看起來像被熨斗給燙到似的。

「這間房子有管理員，你沒有看到嗎？」

我轉頭去看左邊，就看到一位小女孩站在那裡。她手裡拿著一顆汽球，而且給了我一個微笑，她應該是我所看到最正常且完整的靈魂了吧！

「咦……妳住在附近嗎？」我問。

「叔叔你來這裡幹嘛？」

「喔！我只是經過這裡！剛剛妳所說的管理員到底是誰呢？」我問。

「就是站在你後面的男人啊！他已經用兇惡的眼神看你很久了。」她指著我的後面說。

我轉頭去看後面，就看到一位穿著全套古代戰甲的男人站在那，兩隻手各拿著一把劍，看起來像要一劍把我脖子砍掉。所以我只講了一句話：「媽的！」然後就嚇得落荒而逃。

當我成功逃離之後不禁想起：那個小女孩為什麼一點都不怕那個靈魂？她到底是個怎麼樣的靈魂呢？

她是個怎麼樣的靈魂呢？我越想越無法理解，於是再回過頭去看了一次，仍然看到那個小女孩站在那個男人旁邊，而且似乎沒有要逃離的想法。

不過最令我目瞪口呆的，就是她竟然跟我揮揮手，然後轉身走進那間房子，一點都沒有受到電網的阻擋。

「呃……那個小女孩……沒想到她是人類耶！」我揉了揉眼睛說，不太敢相信眼前所看到的場景。

有時候我們也會對於分辨人類與靈魂感到困惑，特別是在我目前所在的這個世界！

當我到了醫院，就發現這裡和其他地方不太一樣，擠滿了人群，只不過我分不清楚哪些是真的人、哪些是靈魂。簡單來講，這裡實在聚集了太多的人與靈魂。

「糟了……」

人與靈魂看起來那麼地相似，我怎麼能夠找到她呢？

「喂！弟弟，過來一下！」有個阿伯叫我過去。我仔細看了他，發現他穿著很像男護士的衣服，不過手裡則是拿著掃帚在做打掃工作。

「我嗎？」我邊指著自己邊說，然後走過去找他，不過我還在納悶他到底是人或是靈魂。

「就是你沒有錯啦！過來過來，幫我掃一下地，就從這裡掃到外面那邊，可別留下任何一件垃圾喔！」阿伯邊說邊伸手，看起來要把手裡的掃帚拿給我。

呃，我心想他應該是人！

「呃……阿伯……我不是……」

「拜託！還在拖時間嗎？如果不快點整理好，等一下天黑就完蛋了。趕快來處理吧！」阿伯說完，就要把掃帚拿給我。

「什麼東西啊……」我從阿伯手上把掃帚接了過來，然後跟著他一起打掃。同時我也不忘環顧四周，想看看有沒有小珠朋友的蹤跡。儘管我沒有見過她，不過我倒是滿相信自己的直覺。

另外，在醫院門口那邊，我看到一個老人鬼魂站在那裡，不！我想他應該是守護門口的神才對……因為……按照常理，普通人或是靈魂應該不會站在那裡那麼久。

在醫院停車場，則是看到一個穿著工作服的男生，他的背後佈滿血跡，不斷地在一台黑色賓士車旁飄來飄去。

接著我轉頭看向左邊，有棟大樓和我正在打掃的地方相連接，我猜應該是餐廳才是。遠遠就看到一個女生坐在通道旁邊，她的年紀似乎和小珠差不多，所以我慢慢地往那邊掃過去。

「喂！你要掃到哪裡去啊？我不是告訴你要往停車場方向打掃嗎？！」阿伯突然對著我大叫。

「阿伯！因為那邊有很多垃圾啦！反正不用擔心，我會全部處理完的！」我說。

當我跟阿伯講完話，就轉頭去看剛剛那個女生，她居然已經不見了！於是我馬上把手中的掃帚丟掉，往那個方向衝過去。

「喂！弟弟你要去哪裡？快點回來！」

「阿伯！我覺得你搞錯了啦！其實我是個靈魂！」我對著阿伯大喊，揮手跟他道別。

「你怎麼可能是靈魂，不要騙我，我明明還能看到你啊……」當阿伯講話的時候，突然有輛車子朝我這裡開過來。我本來想閃開，不過實在來不及，於是那輛車就從我的身體直接穿透。

「鬼！！你是鬼啊！！」

我本來打算跟阿伯道歉，不過由於他也已經叫我幫忙掃地，所以我想這樣應該就扯平了吧！

之後，我繼續往目標前進，當我來到醫院後面的出入口時，手機突然響起來。

「喂！」

「帕亞嗎？」手機傳來小珠的聲音。

「我找到了……」

「什麼？」

「我已經找到妳朋友了！」

「真的嗎？在哪裡？」

「在醫院裡面，不過她突然不見了！」

「你確認她真的是小娜嗎？」

哦！原來她的名字叫作小娜，我接著回答：「應該吧！我看到她是長頭髮，而且穿著高中的制服。」

這時小珠似乎很驚訝地說：「那就是小娜啦！他已經找到小娜了！」

這時話筒裡傳來高興慶祝的聲音，讓我不得不打斷她們說：「呃……但是我還沒有帶她回去，不過我保證一定會帶她回去！先這樣吧！」我講完後，就結束了這次的通話。

這時我想小珠她們那邊的情況應該還好，應該還可以控制。

喀啦……

在垃圾堆邊，突然傳來這個奇怪的聲音。一開始我並沒有理會，不過才過了一下子，那個聲音卻又出現。我轉過頭看，只見一個東西從垃圾堆裡走了出來。

居然是一隻黑狗！

活的人

結束了與帕亞的通話後，我和小川兩個人拉著手，在陽台不停地跳來跳去，難掩心中喜悅。這時媽媽已經回去了，她告訴我可以待到晚上六點再回家。我看著外面的天空，已經變得有點昏暗。

「我們終於找到小娜了！！」

「那個男生真的是一個好人，如果他可以帶小娜回來，我們一定要好好謝謝他。」小川說。

叩叩！

陽台門被慢慢打開，然後有位護士走過來找我們。

「妳們兩個是不是612房病人的朋友呢？」

「是的！」我和小川同時回答。

「病人的爸爸想跟妳們見面，請妳們過去一下！」

於是我們跟著那位漂亮的護士走到小娜的病房。到了門口，聽到小娜的爸爸正在跟另外一個護士講話。

聽完他們的對話之後，原本掛在我臉上的微笑馬上消失無蹤！

「到底發生了什麼事？」小川轉頭去問那位帶我們過來的護士，這時我心裡的感覺越來越奇怪。

「請妳們進去裡面吧！」那位護士伸手請我們進病房。一走進去，就看到小娜的媽媽坐在床邊沙發，沒有要轉頭看我們的意思；而小娜的爸爸則是站在小娜的床前，臉色看起來不太好。不過當他一看到我們，還是勉強擠出一絲微笑。

這時我把視線拉回小娜身上，發現她的身上佈滿了各式急救設備，這讓我的心裡更加感到不安。

「小珠和……」小娜的爸爸開始說，同時轉頭去看著小川。

「我叫小川！」

「好的！小珠和小川……我……感謝妳們總是過來照顧小娜！」

這時我感到手足無措，不知道該如何是好！

「因為妳們是小娜的朋友，所以這件事應該告訴妳們才對……」

「小娜怎麼了？」小川問。

小娜的爸爸接著說：「我跟她的媽媽已經決定……我們要把小娜的呼吸維生系統拿

掉……」

小娜的爸爸講完後，她的媽媽忍不住放聲大哭。

……把呼吸維生系統拿掉？……

死的人

「黑狗……」

那隻狗轉過頭來看了我一下，轉身跑到另一邊。

「喂……等一下！」我邊叫邊跟著牠跑，不懂為什麼我要跟著牠跑。其實我之前就知道這隻狗，不過牠早就死了，我還幫忙埋葬牠的屍體，沒想到會在這裡再遇見牠！

我跟著牠跑，當準備繞過一個轉角的時候，幾乎要撞上一位迎面而來，手裡還拿著烤豬肉的女生。

「哇！」

「啊！」那個女生嚇到連手上的烤豬肉都掉到地上，馬上變成黑狗的點心。

這時我保持沉默，一句話都沒有說。

「喂！把烤豬肉還給我！怎麼會連竹籤都吃下去？如果刺到喉嚨就死定了！」

我看著一隻大黑狗與一位小女孩正拉扯一根竹籤，不過再一下子，那個小女孩突然轉頭看著我。

「呵呵！」她對我笑了笑，就又轉過頭去和狗爭奪竹籤。

這時我十分確定她是看得到我的，我也更清楚世界上有很多人可以看到靈魂，只不過他們不確定看到的是人或是靈魂。

「需要幫忙嗎？」我問。

「嗯……好啊！」她講完後，就往後退了幾步。我則是一隻手掐著黑狗的嘴巴，另一隻手從牠嘴裡把竹籤拿出來。可能是黑狗發現竹籤上面仍然有殘留的豬肉，所以牠又跳起來，試圖咬住我手裡的竹籤。

原來我可以碰到這裡的東西。

於是我把竹籤上的剩餘豬肉拿下來，丟進黑狗的嘴巴。

「謝謝你囉！」

「妳一個人在這裡幹嘛？」我問。

「我每天都會來這裡跟小熊玩。」她邊說邊看著那隻黑狗。

「牠叫作小熊嗎？」

「對啊！」

我看著牠說：「這個名字倒是滿適合的！」

嗶……嗶……嗶……

阿維的手機突然響了起來，我嚇了一大跳。

「喂！」

「帕亞！你找到小娜了嗎？」

「拜託！妳每隔十五秒就要問我一次嗎？」

「你知道嗎？小娜的爸爸打算把她的呼吸維生系統拿掉了！」

「真的嗎？」

汪！汪！

我轉頭去看小熊，就看到牠坐在地上，兩隻前腳舉得高高的，像是還想跟我要豬肉。

呃……確認這隻狗……可以看到我。

「小珠！妳那邊有沒有朋友剩下的東西？什麼都可以，只要上面還留有她的味道。如果妳找到了，就從醫院右邊的陽台丟下，快一點喔！」我有點著急地說。

「咦？什麼意思？」

「快一點吧！沒有時間了！」

我掛上電話，轉頭去問那個小女孩：「妹妹，妳有沒有長長的繩子呢？」

「我只有遛狗用的繩子，可以嗎？」

「就是這個啦！為什麼妳會有這個東西呢？」我從小女孩那邊拿到狗繩，同時疑惑地問她。

「就是……小熊是我養的啊！我常常帶牠出來逛逛，有時候也會買東西給牠吃。難道你以為牠是沒有主人的流浪狗嗎？」小女孩說。

我笑了笑，其實我真的覺得牠是一隻流浪狗。

「妳的小熊方便借我一下嗎？我現在急著要找東西啊！如果妳把牠借給我，事情解決之後，我會給妳四支烤豬肉做為回報！」

小妹妹笑著回答：「好啊！不過你要快一點，等一下我就得回家了。」

「好的！」說完後，我把狗繩套到小熊的脖子上，然後跑去醫院右邊的陽台下面，我發現這隻狗真是一刻都靜不下來。

「小熊！如果你不是靈魂！那麼現在看到你的人會怎麼想呢？因為他們只會看到一隻狗和一條繩子，根本看不到牽著你的人！」當我在等小珠丟東西下來的時候，我對著小熊說。

這時小熊吠了一聲做為回答，突然有一個東西掉在我的頭上。

我把它拿起來看。

「內衣！拜託！」

真是的！儘管抱怨，不過我還是趕緊把內衣拿給小熊聞。我看到牠一直聞一直聞，該不會牠以為是肉吧！

汪！

牠又吠了一聲，看起來像是在說「相信我」。

我當然相信牠，因為現在我也已經沒有其他更好的選擇了。

於是小熊帶著我往大馬路的方向跑去，經過垃圾堆的時候，我順手就把小娜的內衣丟掉，心裡則是祈禱這件不是她最喜歡的內衣才好。

小熊跑得很快，好幾次都害我差點撞到走來走去的靈魂。當牠過馬路的時候，也相當驚險，幾乎快要被車撞到了，牠以為自己真的有那麼厲害嗎？不過對我來講，我只要注意好綁著牠的那條繩子就行了。

最後，小熊突然停在一整排的鋅製圍牆前面。我心想，沒想到在這樣的地方，竟然會有女孩的靈魂。

這時，身上的手機突然響了起來

活的人

明天，小娜的爸爸就會把小娜身上的呼吸維生系統拿掉。雖然我和小川一直跟他們表示，我們一定會把小娜帶回來，不過由於他們不想再看到女兒繼續痛苦，加上家裡的經濟狀況，所以最後還是決定這樣做。

我打了通電話回家，表示今天晚上我要在小川家過夜；小川也打電話回家，表示今天晚上要在我家過夜。然後小川先留在醫院陪著小娜，我則是坐車到帕亞的學校去找阿維。

到了帕亞的學校，就發現這裡又黑又暗，比我們的學校可怕多了。我往學校裡面走去，在學校建築物前面廣場，一個人影都沒有；而在建築物裡面，則是全都關著燈，四周一片寂靜。

到了建築物前面，我打開手機上的燈光，才可以順利上樓。這時我心裡則是希望阿維還留在那裡。我一步一步，慢慢地往樓上移動，我的緩慢行為跟我急速跳動的內心一點都不一樣。

最後，終於來到他們的教室前面，我從外面的窗戶看進去，只看到橘色的亮光從裡面照出來。

「阿維……你在裡面嗎？」我問。

「對，我在這裡。」阿維回答的聲音讓我安心了一點。我打開門，走進教室裡，發現阿維仍然坐在同樣的地方，不過我們所點燃的蠟燭，卻幾乎要燒完了。

因此，阿維手上拿著剪刀，隨時準備把白棉線剪斷。

「不好意思，都是因為我，才讓你那麼麻煩，需要坐在這裡那麼久。其實……」我一邊說，一邊準備坐下去。

當阿維轉頭來看我的時候，我嚇了一大跳，因為他的眼睛是全黑的，就像是有人把他的眼珠給拿走了。接著我看到有黑色的血從他眼睛裡流了下來，不過後來在蠟燭光線的照射下，才顯現出紅色的樣子。

「不！！」

「什麼東西？發生了什麼事嗎？」

我試著閉上眼睛，再睜開一次，發現阿維已經回復正常的樣子，所以我回答：「呃……沒……有，可能是我看錯了……」

於是他轉頭去看著帕亞。

「你一整天都坐在這裡嗎？」

「是啊！我沒有辦法跑去別的地方，因為如果蠟燭燒完，而我來不及把白棉線剪斷的話，那就糟糕了！不過也還好今天沒有風，所以過程比較順利。」他說。

我真的很欣賞阿維的耐心，能夠一直坐在這裡快五個小時，還能持續注意儀式中的蠟燭。

「你跟他……是怎麼認識的呢？」我一邊問阿維，一邊轉頭去看帕亞。

「這件事情要回到我第一天上小學的時候。班長他的個性……一點都不想輸給任何人。他看起來雖然不乖，心地卻很好。我們第一天認識的時候，就發生了一件有趣的事情。那天我看到班長的衣服不太整齊，所以走過去跟他講，不過他卻是轉頭看著我，問我是不是想找他麻煩，讓我不知該如何是好。不過說真的，那時的我一點都不怕他喔……」

「我知道……雖然班長喜歡展現他的力量，不過我知道他不會用這些力量去跟別人打架的。」

我點點頭表示了解。

「因此，從那個時候開始，我們兩個就變成了好朋友，直到高中畢業。一直以來，我就是班長最喜歡談心說事情的那個人。」

「等一下……你剛剛說……你們是高中畢業嗎？」我問。

「是啊！」

「那……呃……你幾歲了呢？」

「我十八歲，班長應該快二十了吧！」

「是喔！那……你們的年紀應該比我們大囉！」我驚訝地大叫。

「咦？妳們的年紀不是跟我們差不多嗎？」

「我只有十六歲。為什麼一開始沒有先跟我們講呢？讓我一直以為我們的年齡差不多。」我說。

這時阿維哥笑笑地說：「喔！那我就得叫妳小珠妹妹囉！」

我們兩個人都笑了出來，不過也沒有忘記去看帕亞，除了擔心他，也害怕這個儀式會不小心失敗。

「不用擔心啦！他一定會安全回來的……而且一定也會找到妳朋友的靈魂的！」阿維哥信心十足地說。

「為什麼帕亞哥會願意冒這麼大的風險，只是為了要幫我們呢？」

「嗯……我覺得……班長他應該想讓妳們看到……他也是經過許多大風大浪，並不是像妳們原先所想的那樣！這也是其中一個，他身為班長的重要特質。」

「真的嗎？但是……我們也才剛剛認識啊，為什麼有需要證明給我們看呢？」我依舊納悶地問。

「應該是因為小珠妹妹罵過他吧！」

是喔，真的嗎？

「那妳的靈魂朋友呢？她到底到哪裡去了啊？」

「對啊！為什麼到現在還沒有回來呢？」我嘆氣著說。

「聽說有很多靈魂不知道自己已經死了，還常常去死前最想去的地方。」

最後的地方嗎？小娜最後想到的地方……會是哪裡呢？

「不知道小露現在過得怎麼樣？如果現在她可以跟著我們一起上課，不知道該有多好……」

「小露！！！」

死的人

「喂！」
「喂！是帕亞哥嗎？」
「什麼？等一下，我想妳可能打錯了。」我把手機放了下來，同時挖挖耳朵。
「哥！我知道了，我知道小娜可能在哪裡！」
「什……什麼？妳是誰啊？」
「哥！我是小珠啊！」
「拜託！妳幹嘛叫我哥啊？！」
「因為你的年紀比我大啊！」
「算了！妳剛剛說了什麼？」我問，不要想太多。
「你去找一棟廢棄的建築物吧！」
我看著前方的鋅製圍牆，突然想起來：「小珠！我想我已經找到妳說的地方了，我現在就進去！」

我放下原本在耳邊的手機，慢慢地往前飛，直接穿透前方那道鋅製圍牆。裡面有大大小小的水泥塊，看起來就像是拆解大樓後遺留下的部分。由於裡面相當黑暗，我藉由外面照射進來的燈光，想要看清楚現場的情況。

然後我看到在這一片廢墟之中，有個女生正站在一塊最高的水泥塊上面。

我再次把手機靠近耳朵，然後說：

「小珠……我找到妳的朋友了……」

我飛去上面找她。在那裡，有很多從水泥塊伸出的鋼筋，就像惡魔伸出的手。最後我停在她的對面。

「呃……小姐，請問妳是小娜嗎？」我問。

她看著我，這時她的眼眶裡已經有淚水不停地打轉。

我對著她說：「跟我一起回家去找朋友與家人吧！」

活的人

在帕亞哥（其實不太習慣這樣叫他）打電話告訴我們，小娜的靈魂已經被送回醫院，而且正要回去她的身體之後，阿維哥馬上把白棉線剪斷，好讓帕亞哥順利回來。

這時我看到帕亞哥的身體動了一下，不久他就慢慢地睜開眼睛，接著看著我們兩個人。

「咦？為什麼妳會在這裡？」

我微笑著說：「哥！真的很感謝你，幫忙找到我朋友的靈魂。」

「妳瘋了嗎？一開始幾乎要打爆我的頭，現在幹嘛叫我哥啊？！」他講得很大聲，同時從地板上坐了起來。

「好啦！班長！其實你真的比她大好幾歲，所以沒有關係啦！」

「拜託！你怎麼會這樣講？！」

「呃……總而言之，真的很感謝大家，如果沒有你們，說不定小娜……」我站起來對他們說。

這時阿維哥說：「沒關係啦！妳趕快去醫院吧！當妳朋友清醒的時候，她就可以馬上見到妳囉！」

我點點頭說：「好的！真的很謝謝你們！」

於是我馬上從教室裡跑出去，現在我根本不在乎外面有多黑，只想馬上回到醫院！

小娜已經醒了……對我來說，這就是最好的了。

死的人

「班長！」當我們正把蠟燭吹熄，整理東西的時候，阿維突然叫住我，開始說話。

「什麼？」

「為什麼班長要幫小珠她們呢？」

「嗯，我不是講過了嗎？我只想讓她們看到，我也可以完成重要的事情！」

「班長！真的嗎？我覺得你是想讓小珠對你印象好一點吧！」阿維給我一記回馬槍。

「阿維！你說那話是什麼意思？！」我用認真的聲音對阿維說，同時也回以犀利的眼神看著他的臉。

「我覺得班長對小珠有比較特別的感覺……我覺得班長喜歡她！」

我拿起地上那把剛剛救過我命的剪刀……現在的我很好奇……到底這把剪刀有沒有辦法殺人呢？

《百靈遊戲4全文完》

後記

百靈遊戲的創作動機與感謝

哈！哈！哈！寫完了！我終於把這本特別版寫完了！還記得一開始我問了很多人的建議，看看這一本到底要提到誰的事。

根據大家的意見，很多人比較想知道「男生」的事情。像是坤庫老師、坤庫老師的父親與一百個鬼魂遊戲的創造者。但是我心想還會有人想知道關於創造者的故事嗎？

因此，最後決定寫四個部分，就是關於希麗察（因為有很多人問希麗察是怎麼死的）、坤庫老師（因為有很多人很想念他）、女記者（這個沒有人問，不過我突然想到我沒有交代她最後跑去哪裡了）與小珠（她應該是最重要的人，如果沒有她，就沒有一百個鬼魂遊戲的故事了）的故事。

不過關於小珠的這篇故事確實比較特別，因為裡面多了一個叫作「帕亞」的角色，而他正是我另外一本小說的男主角。

最後，百靈遊戲的故事總算大功告成。

其實一開始，我以為只要寫完一本書就算完成，根本沒有想到最後竟然會寫到四本之多。總而言之，凱佳要在這裡跟大家說再見囉！不過其實我也沒有要去哪裡，還是會繼續創作小說啦！

感謝媽媽總是任勞任怨地照顧我，儘管有時候我有一點不聽話。（不是一點啦！其實也滿不乖的啦！）而且媽媽雖然身體不太好，不過為了我，她仍然做了很多工作。另外，也很感謝媽媽的教導，讓我成為一個有耐心且不自私的女生。當然也感謝媽媽買新電腦給我，感謝她每天煮飯給我吃，感謝生命中所有的事情！

真的很感謝大家一路跟隨百靈遊戲到現在。（包括那些不是跟隨我，而是不小心買來看的讀者，我也很感謝。）也要謝謝你們的鼓勵，才讓我有繼續創作下去的動力。最後，如果還不覺得我的故事無聊，就請和我一起繼續走下去吧！

噢！差點忘記！

一定要謝謝這個世界上的靈魂與鬼魂，讓我可以用這個題材來進行創作。而且請不要擔心什麼事，讓自己能好好地安息就行了。

Redbird10

百靈遊戲 4

還沒説完的祕密｛完｝

作者　凱佳（Kajao）
譯者　E・Q
繪者　哈尼正太郎
編輯　古貞汝
校對　連玉瑩
美術完稿　黃祺芸
企劃統籌　李橘
總編輯　莫少閒
出版者　朱雀文化事業有限公司
地址　台北市基隆路二段 13-1 號 3 樓
電話　02-2345-3868
傳真　02-2345-3828
劃撥帳號　19234566 朱雀文化事業有限公司
e-mail　redbook@ms26.hinet.net
網址　http://redbook.com.tw
總經銷　大和書報圖書股份有限公司（02）8990-2588
ISBN　978-986-6029-86-8
初版一刷　2015.05

定價　220 元

國家圖書館出版品預行編目

百靈遊戲 4：還沒說完的祕密｛完｝/ 凱佳（Kajao）著；E・Q 翻譯
-- 初版 . -- 臺北市 : 朱雀文化 , 2015.05
面；　公分 . -- (Redbird ; 10)
ISBN 978-986-6029-86-8(平裝)

868.257　　104005493